U0055589

HAJIMETENO

Rio Shimamoto

Mizuki Tsujimura

Miyuki Miyabe

Eto Mori

第一次的…

島本理生・辻村深月・宮部美幸・森繪都──著

涂紋凰── 譯

HAJIMETENO

目次・CONTENTS・

第一次有喜歡的人時該讀的故事＊
只屬於我的主人　島本理生　005

第一次離家出走時該讀的故事＊
幽靈　辻村深月　063

第一次成為嫌犯時該讀的故事＊
不同顏色的撲克牌　宮部美幸　111

第一次告白時該讀的故事＊
光之種籽　森繪都　173

RIO
SHIMAMOTO

第一次有喜歡的人時該讀的故事

只屬於我的主人

島本理生

HAJIMETENO

第一封信

初次見面，您好。

對未曾謀面的您說這句話，總覺得很奇怪呢。

在受這個國家保護（還是應該說保管呢？）之前，我從未寫信給任何人過。如果文章有時候讀起來很奇怪，請您理解這是因為我原本規格裡就沒有這種功能，再加上我經驗尚且不足。

被送到這個國家，過了三個月的保護觀察期之後，閱讀完政府通知的我仍然覺得有點疑惑，因為我還沒完全掌握發生在自己身上的事情。

所以，針對寫信這件事，我也不知道能不能做到「盡量正確記錄發生過的事」，但我會盡自己所能做到最好。

不過，政府的要求真的太多了。畢竟無論再怎麼努力，我的智力也只能到達ＩＱ１１０左右，這是本來就設定好的。

突然說這種抱怨或者政府的壞話，會被懲罰嗎？不過，一定沒問題的對吧。因為就算知道對自己不利，偶爾還是得表達自己的主張，畢竟這種行為也算是人性之一。

我越來越不知道自己到底想寫什麼了。因為上週才接到政府通知，幾乎是在毫無任何資訊的狀態下開始寫信，所以我其實直到現在也不知道您到底想要了解什麼事情。

話雖如此，我也能理解，您會擔心如果給我不必要的資訊，不知道我會做出什麼反應，所以選擇這樣做也算妥當。畢竟資訊就是所有可能性的入口。

目前政府把對我提供資訊和干涉都控制在最小限度，將保護觀察期延長到訂下最終方針為止。我對這個決定沒有異議。

總之，我先說說我知道的，關於您的事情。

為了不要產生溝通或語言感覺上的世代差異，政府挑選了年輕的女性研究員。而且您的專業是人因工程學，在我出生的國家專精於研究工作，所以除了您之外沒有更適合的人選了。雖然政府禁止我們雙方直接面對面（我很驚訝，這個禁止的前提是我也有這方面的權利），而且今後這個決定也不會改變，但是允許我們用寫信的方式自由溝通。

即便科技發展到這個程度，想要徹底保密或監視的時候，人類還是選擇最傳統的寫信，這一點真的很有趣。

為了讓您比較容易想像，我也稍微描述一下我這裡的情況。

這個島上的保護管束設施建在穿過原始林之後突出的懸崖上。

早上起床打開窗戶，嶄新的鐵柵欄對面就能看到和母國一樣的大海，從恣意生長的草木間跳出來的兔子和小鹿，有時候會誤闖陽台，顯得熱鬧非凡。

房間裡有單人床和桌子、體內電池會需要的攜帶型電源，還有浴室、廁所。不過最後兩項是我不需要的東西。

寫信寫了好久，就寢功能已經開始運轉，所以今天就先寫到這裡。

希望明天醒來的時候，這些決定都不要被推翻，免得我要被送去燒毀。

第二封信

研究員小姐，早安。

今天一醒來就看到一片湛藍，天空和大海呈現相同的顏色。綠色植物長得越來越茂密，顯然是個初夏早晨的樣子。窗外可以看到白色的船隻，在海面上激起波紋出航的景象。

我面對書桌，開始寫這封信。

上週感謝您回信給我。當我身邊的人類稱讚我比他們想像得更聰明，讓他們覺得震驚的時候，我都覺得很不好意思。因為在母國，還生產了比我更優秀的機器人。

不過，在人工智能開發較晚的國家，或許光是看到我們能夠像人一樣描述情感就已經很驚訝了。順帶一提，為了避免讓主人感到不愉快，語言能力可能設定得比年齡還高一點。

那麼接下來就按照研究員小姐的要求，來談談我逃離母國，在這個國家被發現並受保護的經過。

關於我的母國，身為研究員的您可能比我更清楚。

原本是靠富裕階層遊客支撐觀光業的小國，但是在二〇〇〇年代後半，國家開始投入預算積極延攬研究者和技術人員。透過開發包含環境問題在內的未來預測系統等傲視全球的技術，讓國家獲得空前的經濟實力，這些都不需要我多說了吧。

話雖如此，全新的產物勢必會引來模仿，國家的高層一定也知道這一點。一旦獲得就無法失去，這是我的主人以前經常掛在嘴邊的話。

結果，我的母國無視和他國之間的共同研究倫理，開始大膽開發機器人。一個透過科技獲得成功的國家，這次切斷和外界的連結獨自進行開發，我覺得很矛盾。不過，那一定是因為我的理解能力不足吧。

而且，在先進國家齊聲指責的時候，母國的人型人工智能生產規模已經達到一旦中止就只能「大量殺人」的地步。

我誕生的時候，早已看不出母國舊時度假勝地的樣貌，在宛如要塞的首都大樓內同時存在大量的人類和機器人，而因為經濟問題而被保留的地區變成無人管理的荒島。

我不是為一般企業服務，而是專為家庭開發的機器人。

年齡設定在保留孩童的可愛，但又具有勞動能力的十四歲，而且規格限定在以後不會長大，所以基本上不會有太高級的思維。主要的用途是做一些雜務和幫忙做家事。

雖然為了讓主人不會感到異樣而配備各種表情包，但是基本個性採用樂觀、奉獻的標準規格，而且因為價格的關係也省略飲食的功能。

「儘管法律有規定不能隨意對待機器人或對機器人施暴，但是當機器人暴走的時候則不在此限。」

我在維修室張開眼睛時，負責人一開始就這樣說明。說明結束後，負責人說有不清楚的地方可以問，所以我問了一個問題：「那是由誰判斷機器人已經暴走可以銷毀？」

負責人回答：「由機器人的主人判斷。」我繼續追問，既然如此機器人就不是人而是物品對嗎？而負責人搖了搖頭。「你們擁有最低限度的保障，但是這並非尊重你們的人權，而是為了維持社會秩序而設的規則。我只能說，你們是人也是物品。不過，這就是你們的命運。這個世界上有很多生而為人，但是飽受虐待的人。相較之下，你們有需要你們的主人，而且不會感到飢餓和孤獨，其實很幸福。」

還不太理解幸福這個詞的我，想要再繼續深究。但是腦袋突然變得不太靈光，我只好點點頭。按照負責人的說明，我不能執行太過複雜的思考。

在原本就具有的知識和勞動能力之外，我還接受一個月左右的講習，學習和主人對話的方式，結束之後就被送到下訂單的住宅。

那裡離首都大約兩個小時的路程，是個相對治安比較好的臨海小鎮。愛說話的配送員告訴我，住在這裡的人大多是逃離經濟發達的大都市、熱愛傳統有人情味生活的居民。

配送員陪著我上門，出來迎接我的是Mr.成瀨。

Mr.成瀨是個擁有小麥色肌膚、眼神銳利的男人。他端正的站姿，有種不可思議的魄力。穿著和外表不搭的正式西服外套和襯衫，還戴著銀框眼鏡。

在客廳沙發上與Mr.成瀨面對面的下午，我開口說出學到的問候語。我正要講到「您好，Mr.成瀨。能來到您的身邊，是我的榮幸。」這一句的時候，他堅定地打斷我說話。「一個小孩子，不要說這麼世故的話。」

我很困惑地追問：「那要怎麼說才好呢？我會遵照您的指示去做。」

他馬上回答：「自然一點就好。」

我本來要說遵命，但是想到可能又會被罵，所以馬上改成「我知道了」。

他繼續說：「從這個家的後門走出去會有一個庭院，我準備了一個小孩可以住的溫室。我們不會生活在同一個屋簷下，進出請使用廚房的小門。我已經在那裡準備好一週的換洗衣物。」

我回答會按照他說的話做。接著因為有點在意，就問Mr.成瀨：「這個家裡除了Mr.成瀨以外，沒有其他家人同住嗎？」

他瞬間表情扭曲，像是被問到什麼不想回答的問題一樣。「當然，因為只有我一個人，所以才會訂購你，讓你幫忙做一些事。」

之後他冷冷地說，妻子兩年前離世，遺物都還留著，所以打掃的時候要順便擦拭遺物上的灰塵。

我按照指示前往後院，看到一個半圓形的白色溫室，宛如從宇宙落下一顆謎樣生命體的巨蛋，就這樣埋在土裡。

進入室內之後，發現床上有摺好的白色衣服。我馬上脫下在工廠穿著的制服，把頭塞進布料的切口。鬆軟的布料膨脹起來，完全蓋住我的上半身。穿上成套的長褲之後，我回到Mr.成瀨家中幫忙做事。

我的工作是完成所有家中的雜務。他直到深夜都還在伺服器上輸入代碼，我則是為他準備三餐、打掃、整理稅金相關文件、修理故障的機器等雜務，的確是有無窮無盡的小事要做。

第一天晚上，Mr.成瀨一邊吃飯一邊問站在附近的我。

「你不能吃飯，不能被水弄濕。除此之外，還有什麼要注意的地方嗎？」

我稍微想了一下，回答說：

「工廠那邊告訴我，在一般使用範圍內是不會損壞的。除非使用強大的力量惡意破壞，或者出現侵入到內部的人。」

我想主人大概不會做這種事，所以笑著說「我開玩笑的」。結果他突然大聲喊：

「機器人不能開這種玩笑！」

因為他的怒吼，我嚇了一跳，並且馬上道歉。「對不起。我以後不會再說這種話了。」Mr.成瀨淺淺嘆了一口氣，留下沒吃完的飯菜就回到自己的房間。

我一邊把廚餘倒進處理機，一邊回想研習時負責人輕笑著說「真羨慕你的壽命比人類還長。不過，如果被人入侵到機體內部，就會比人類更敏感就是了」這句話，真是令人討厭。

結束浴室的打掃之後，我回到溫室。

我拉上小窗的窗簾，當作是對浮在海上的月亮說晚安，為了讓體內的電池有時間休息而躺在床上入眠。我最長可以連續運轉一百八十個小時，但是不停運轉會對電池造成負擔，而且會和人類生活脫節，所以標準設定是要準時就寢的。

只要我順從地完成工作，Mr.成瀨不會對我提出過分的要求。不過，他偶爾會在意想不到的時候怒吼，而我一直無法理解他怒吼的原因。因為Mr.成瀨是一個不多話的人。

我這樣寫，研究員小姐可能會覺得我很可憐。不過，您不用擔心。畢竟在他身邊工作，就是我誕生在這個世界上的意義，只要能扮演好這個角色，機器人就不算「可憐」。

說到這個，Mr.成瀨常常說一句話——彼此了解之後就要承擔多餘的情感。

我至今仍然每天都在思考這句話。到底什麼是多餘的情感呢？人類承擔多餘的情感又是什麼意思呢？

我現在仍然在思考這個問題。

夜晚再度降臨了，祝您晚安。

第三封信

早安。

昨晚的暴風雨已經消停，雖然浪還是很大，但藍天非常清澈。

我馬上就讀了今天早上送到的信。

信中您問我，雖然不可憐，但是和Mr.成瀨的生活也不算幸福吧？這的確是有點困難的問題。

機器人的幸福，就是順從主人的心意，完成主人的願望。Mr.成瀨的生活中，大半都充滿了緊張感，我總是因為做得不夠周到而感到沮喪，所以這樣可能真的稱不上是幸福。

不過，不幸福並不代表不幸吧？

Mr.成瀨雖然工作能力很強（他會一直丟工作給我，讓我感受到他真的很忙），但是除了工作以外的事情都很笨拙。

他曾經告訴我「彼此了解之後就要承擔多餘的情感」，但是也經常說「你什麼都不懂」。

因此，我經常因為這兩句矛盾的話而感到煩惱。明明我存在的唯一意義就是理解並執行他心中所願，但是最關鍵的本人卻不具體告訴我他想要什麼。

即便如此，我還是盡量努力理解他說的話。而且我還想到，或許可以像人類的小孩那樣看書學習。

但是機器人禁止連結所有網路，一旦試圖連結網路就會自動停止運轉，所以我想到自己可以使用Mr.成瀨的ＩＤ在圖書館借書。

我戰戰兢兢地向Mr.成瀨說出這個提議，他出乎意料地欣然答應，還說勤奮向學是好事。

我讀了很多關於歷史和民族的書。為了了解和人類之間的差異，我也讀了動物學和生物學的書。

他雖然不會干涉我讀書，但是有一次他在吃飯的時候，看到我在餐桌的角落翻開關於人類男女生殖相關的書時突然變臉，像個暴怒的孩子一樣大聲吼我：「你不需要那種東西，不要再看了！」

我慌慌張張地闔上書本，但是他並沒有息怒，繼續大聲怒吼：「你不只不了解人類，也不了解自己，我因為你的關係快要被氣死了。」雖然我連忙道歉，但那次他罵我罵了一個小時。我不知道該怎麼辦，只好不斷道歉。對不起、對不起，我不懂你的心情，真的很對不起。我沒辦法理解，因為我只是機器。

夜裡，我獨自在溫室休息的時候，把手放在胸口，模仿人類祈禱的樣子。希望我明天可以多了解一點Mr.成瀨的心情。我這樣祈禱之後，有一種名為空虛的情感緩緩流淌在迴路之間，我就在身為機械的無力感與必須為主人奉獻的使命感之中停止運轉。

不知不覺就寫太多，差不多該停筆了。

晚安。

第四封信

清晨因為強烈震動而緊急啟動時，我以為是被什麼人攻擊了。

幸好政府的職員馬上就聯絡我，才沒有導致混亂。原來在這個國家經常會發生這麼強烈的地震呢。國民竟然可以如此冷靜地繼續平時的生活，真是令人敬佩。

言歸正傳，我繼續說說您想知道的Mr.成瀨的日常生活吧。

我到Mr.成瀨身邊半年後的早上，他喝著咖啡突然冒出一句「今天我弟和弟媳會過來」，我嚇了一跳，回問：「Mr.成瀨有弟弟嗎？」

他露出像往常一樣不高興的表情，然後解釋：「我和弟弟吵了一架，已經兩年半沒見過面了。」我發現這個時間點和他妻子過世的時間重疊，心想或許和他們兄弟不和有關。

Mr.成瀨的弟弟在海風吹拂山丘的下午來訪，被風推著動的海浪聲也傳到屋內。

Mr.成瀨的弟弟閃著大眼睛，一邊說「你就是大哥的寶貝孩子啊，你好」一邊和我握手。他毫不猶豫地使用「大哥的寶貝孩子」這種形容，讓我心頭一驚。因為他嘴張得很大，所以口腔異常顯眼。看樣子弟弟不像Mr.成瀨那樣心思複雜。

接著，他的妻子也和我握了手。穿著華美的妻子雙耳上，閃耀著大顆鑽石的光芒。

此時，從她身後有一名少女探出頭來。少女穿著比妻子藍色洋裝還要小一圈的水藍色洋裝，她也是機器人。

Mr.成瀨的弟弟告訴我：「這孩子是我們寶貝的露易絲。」

自從到這個家之後，我就沒有認識除了自己以外的機器人，所以非常開心，還笑著說「妳好」。

不過，露易絲只是瞥了我一眼，就像家族成員的一份子一樣，被弟弟的妻子拉著走過我面前。

露易絲一坐到沙發上，弟弟夫婦就輪流用手指幫她梳理長髮，她也一副理所當然的樣子接受。在一旁站著隨時幫大家添咖啡的我，漸漸開始覺得自己很悲慘。

明明是機器人，卻使用主人的金錢穿著好衣服，他們的杯子空了也視若無睹。露易絲到底有什麼用啊？就在我的迴路充滿疑惑的時候，結束工作的Mr.成瀨從自己的房間走了出來。

他僵硬地和弟弟握手，罕見地稍微笑了笑，說了一些「辛苦你們跑那麼遠」這種感謝的話。然後對我說，你和露易絲去溫室吧。我只好轉向露易絲，招手請她跟我走。

我準備帶她從廚房的小門過去時，Mr. 成瀨叮囑我：「露易絲是客人，帶她從正門繞過去。」這讓我突然覺得很不開心。就在這段時間，露易絲已經逕自走向玄關，很快就把門打開。

一瞬間，海風吹進室內，所有人一陣沉默。

我一走近，就聽到露易絲低聲說：「大海真的好臭，充滿讓人不舒服的味道。」我正打算抓住她的肩膀告訴她這樣很失禮，結果她躲過我的手往外跳了出去。

後院的溫室，這半年暴露在海浪和海風之中，到處都是醒目的褪色和損傷。露易絲像是看到什麼稀奇的東西似的，盯著已經生鏽的白色外牆。我以前從來沒有在意過外牆上的污漬和損傷，但是現在突然覺得好丟臉。

進入溫室內的露易絲說：「裡面倒是滿乾淨的。」我心想著，希望弟第一家人可以趕快回去。我第一次開始想念和Mr.成瀨度過安靜又充滿緊張感的二人生活。

我試著和露易絲搭話：「Mr.成瀨他們在談什麼事呢？」結果，她一副理所當然的樣子回答：「爸爸是為了和他討論以後的事才來這裡的吧？」所以我不禁追問：「以後的事？」「爸爸和你的主人的已故父母，原本是為了研究開發而從海外被招募過來的技術人員啊。你的主人一直抗拒政府施壓，因為政府打算統治父母為了發展國家而開發的資訊網。畢竟那也是他自己的工作嘛。你的主人原本的工作就是管理父母開發的其中一個系統。」

我沒有回話。因為這些事情我從來沒聽說過。

「那個系統之中，有一部分導入能夠監視所有國民所在位置和言行的工具。他所屬的企業為了維持經營，只能答應國家的條件。因為這樣，你的主人離開公司，以低價承接過時系統的維修案件，變成一個善良的自由工作者。但是，現在已經進入連他這種小小的自由都會被威脅的時代。所以我的父母是來說服你的主人，趁現在還來得及，最好遵從國家的要求，不然就盡快逃亡。如果再這樣下去，不久之後可能連出國都沒辦法如願。」

露易絲說完之後，抬眼看了我一下。

「你該不會什麼都不知道吧？」她問了我最不想被問到的問題，所以我當作沒聽到回了一句：

「機器人不需要知道這種事。」

結果她很乾脆地回答「說得也是」。她的反應讓我火大，所以我接著說：

「機器人只要聽從主人的命令，在物理層面幫助他們就好了。」

在我說完的同時，露易絲很驚訝地說了一句：「我不一樣。」

「那是因為你的主人對機器人的要求只停留在物理性的幫助，但我的父母不是。」

「機器人稱呼人類為父母就是一種欺騙。」我忍不住反駁。

「妳的主人把妳打扮得漂漂亮亮，像親生女兒一樣把妳帶在身邊，但是妳原本該做的事就是幫主人倒咖啡或者關門吧？如果這些都不做，妳到底為什麼要待在那兩個人身邊？」

讓語言高速通過迴路的同時，我無法順利整理自己的思考，就像被衝動支配一樣，氣得好想跺腳。另一方面露易絲則是一臉不可思議的樣子，歪著頭說：「欺騙？」所以我很懷疑，這傢伙是不是笨蛋？

此時，露易絲說：「你好厲害！會像人類一樣，自然而然地生氣耶。」

我目瞪口呆地問她：「生氣？」

「你之前沒有生氣過嗎？」她這樣問，我稍微想了一下之後回答：

「沒有。因為我一直都和Mr.成瀨兩個人生活。」

針對這一點，露易絲坦承告訴我：

「我的父母有時候會希望我生氣。他們希望我像人類的小孩那樣，單方面地生氣，說一些不合理的任性要求。所以我透過書本和電影學習之後，依樣畫葫蘆照著做，否則那其實是很困難的事情。」

我總覺得有點困惑。

「妳的父母到底想要什麼？應該不會真的相信妳就是真的女兒吧？」

我這樣問之後，露易絲反問：「你不知道人類為什麼需要機器人嗎？」

「當然是按照目的，完成應該扮演的角色和工作啊。」

「這也是其中一個原因，但不是真正的理由。人類之所以需要機器人，是為了化不可能為可能，也就是為了從活著的孤獨之中解脫。」

雖然很不甘心，但是我不太懂露易絲在說什麼。

「我讀了很多小說。內容雖然都不太一樣，但是一定都會寫到同一件事。人類獨自誕生，也會獨自死去。這是理所當然的事，但是那些人類其實很怕孤獨，比死還怕。所以他們希望至少在死去的那一瞬間有人在身邊，只是沒有人能保證可以實現。唯獨機器人一定能夠做到這一點。我的父母沒有孩子，所以他們把我打扮成女兒的樣子，去哪裡都帶著我。你能想像，他們有多孤獨嗎？無論何時，會在他們需要的時候完美地待在身邊，那就是我們的任務。」

他們在太陽沉入海面前回去了。

我收拾完大家使用過的餐具之後，叫住要回房間的Mr.成瀨。

「晚餐要吃什麼呢？」

「不用了。今天喝太多咖啡，我還不怎麼餓。」

當他回了這句話的時候，我很想放棄自己這種稱不上使命的渺小功能。

我衝到家門外。

沿著小徑筆直地向前跑，把手放在門上準備推開。廣闊的大自然包圍著道路，夜色深沉，不知名的鳥在高處鳴叫。

背後有人按住我的手，回頭一看發現Mr.成瀨正低頭看著我。

你要去哪裡？他嚇了一跳似地這樣問我，我便輕輕放開門鎖，無力地回答沒有要去哪裡。「我不會去別的地方。在Mr.成瀨叫我走之前，我不會自行離開。」

此時，月亮從雲朵的縫隙之間緩緩露臉。

被叫住之後，我膽怯地看著Mr.成瀨的表情。

原本以為今晚也會被罵得很慘的我，不自覺地睜大眼睛。

因為他露出我從未見過的溫和表情。

「這樣啊。」他低聲這樣說之後，第一次把手搭在我肩膀上。然後他向我道歉：「你今天要招待我弟弟、弟媳還有露易絲，一定比平常還要累，我沒注意到這一點，真是抱歉。」

我不知道該怎麼辦才好，所以老實地回應：「在沒有接到命令的狀態下打算悄悄離開，我也覺得很抱歉。自己突然暴走，讓我覺得很不安。」

但是，他搖了搖頭告訴我：「受到外面的新刺激，本來就會出現和平常不同的反應。人類的小孩也是這樣，所以是正常的。」

Mr.成瀨把我當成人類的小孩關心，讓我很驚訝，剛才想要放棄使命的想法也隨之消失了。

像這樣寫信之後，我發覺自己當時真的完全不懂Mr.成瀨。

不過，唯獨這一點我能確定。Mr.成瀨絕對不是那種粗枝大葉的人。他雖然不擅長表達，但若問我他懂不懂人心，我可以很明確地回答。

Mr.成瀨絕對懂。甚至可以說是非常懂。

偶爾也換我問個問題吧。

您的使命是什麼呢？

第五封信

晚安，研究員小姐。

昨天，我讀了您的回信。我發現您沒有回答我的問題，所以今天一整天都在想，我該不該寫這件事。

您連提都沒有提，應該是判斷不需要回答我這個問題，或者是有什麼無法回答的理由吧。我沒有辦法想像原因到底是什麼。就算知道，像我這種被水沾濕就會引起故障的兒童型機器人，在一個被海包圍的異國角落也不能做什麼就是了。

所以，您如果改變心意，隨時都可以回答這個問題。我真的很想知道，您的使命是什麼。

說到海，那個下午是海洋研究所的海底巨蛋一年一度的維修日。

Mr.成瀨午餐後就把自己關在工作室，我為他泡了咖啡，他不知道為什麼馬上就來到我身邊。他的表情一反常態，顯得非常柔和。

「今天工作提早結束，要不要去散步？巨蛋的維修很吸引人，你正在讀海洋學的書，應該會覺得很有趣。」

Mr.成瀨這樣說，我便迅速做好外出的準備。

外頭下著小雨。他遞給我一把傘，自己也撐傘往外走。

站在山丘上，可以看到朦朧的地平線。無數的巨大重型機械立在海上運轉。往西看過去，可以遠眺首都櫛比鱗次的金黃色高樓。背對大海可以看到遠方有一座軍事要塞，彷彿樹木被砍光的山巒聳立在那裡。

Mr.成瀨愣愣地低聲說：

「文明都已經發展到這個地步，雨傘仍是雨傘，就像沒跟上進化的人體一樣呢。」

「畢竟小孩大人都可以用自動化的低速車移動，根本不需要刻意在雨中走路了嘛。」我這樣說。

「既然如此，人類本身的進化如此遲緩，身為機器人的你，認為這代表人類是優秀生物還是劣等生物呢？」

因為他突然問這種問題，我驚訝地回答：

「這個嘛，我不知道。不過，我曾經在書裡讀到，自太古以來在海底生存的生物從未改變過樣貌，是因為不需要進化，這一點可以說明海底生物並非劣等生物，而是完成度很高的生命體。」

他突然顯得很欽佩的樣子說：「你變得非常聰明呢。」我搖了搖頭。因為我覺得口吻不能太像大人，以免惹他生氣。

雨勢越來越大，所以Mr.成瀨和我就這樣回家了。

我看著他先走進家裡，然後發現車庫的鐵捲門敞開著。我正打算按下按鈕關閉鐵捲門以免雨潑進來時，門外停了一輛大車。

駕駛座的窗戶是敞開的，戴著黑色口罩遮住半邊臉的男子好像正往我這裡看，隨即便問我：「你是這個家裡的機器人嗎？」我簡短地回答是，男子一副了然的樣子走下車，從門外說：「工廠派我過來做定期維修，你過來吧。」並且對我招了招手，我靠近門邊想聽他仔細說明。

結果，他在門外命令我快點把門打開，我拒絕了他：「我只聽從主人的命令。」戴著黑色口罩的男子不知道為什麼沉默不語。

我聽到背後有開門聲，Mr.成瀨一邊喊一邊衝出來。

「離他遠一點！那是小偷。」

黑口罩男低聲說了句：「什麼啊，我還以為是女機器人。」便乾脆地回到車上離開。

Mr.成瀨說：「馬上回家。」我向他道歉：「對不起。我沒有確認對方是誰，就靠近門邊。」不過，Mr.成瀨什麼都沒回應就回到家裡。這對我來說比被罵還可怕。

直到剛才為止，好不容易才像一般父子對話，結果馬上就被他當成只會惹麻煩的廢物。想到這裡就覺得回到家裡很令人不安，但是主人的命令必須絕對遵從，我只好趕快進入屋內關上門。

我在客廳擦拭身體的期間，他打開電視的網路頻道。

透過電視播映的新聞，我才知道最近假扮配送業者誘拐、搶奪機器人的案件很猖獗。

他關掉電視之後仍然凝視著黑色的液晶畫面。我發現室溫降低，所以伸手按了牆上的溫度控制面板。

他回頭的時候，側臉看起來充滿憤怒。我以為他是因為我沒有接到命令卻擅自調整室溫而生氣。但是，他的眼中浮現微微的亮光。我試圖思考眼前發生的事情。腦內像往常一樣開始變得模糊，所以我盯著Mr.成瀨試圖抵抗這種感覺。因為我覺得如果自己能夠理解他一邊生氣一邊浮現淚水的心情，同時又能有所共鳴，Mr.成瀨或許會很高興我能理解人類了。

研究員小姐，您覺得機器人的幸福是什麼呢？我覺得是讓主人感到幸福，讓主人開心。如果做不到的話，機器人就沒有存在的價值了。

但是，察覺我的視線之後，Mr.成瀨一臉氣惱的樣子說「反正你也無法理解，那就不要一直盯著我看」，讓我頓時覺得很無力。

我問他為什麼。

「是因為我的能力有限、能力不足，才會無法理解嗎？所謂的理解，了解人類的情緒，到底是什麼意思呢？是要在恰當的時間說恰當的話嗎？還是從物理層面解決困擾人類的問題呢？請告訴我。我能為你做什麼？」

他一臉疑惑地看著我。我和他生活一整年，這是我第一次在他說出尖銳的話之後問問題。

「是我不好。」Mr. 成瀨用大拇指擦拭眼頭，突然說了這麼一句話。然後接著說：

「我沒辦法回答你。」

我想起露易絲說的話。

「你沒辦法回答我，是因為你現在面臨必須逃亡到國外的狀況嗎？」

他一臉驚訝地抬起頭，然後苦笑著說，是弟弟帶來的機器人說的吧。

我鼓起勇氣告訴他：「因為露易絲就像真正的女兒一樣知道很多事情，所以我很驚訝也有點不甘心。」不過，Mr. 成瀨笑了笑說：「弟弟和我不一樣，他從以前就很長舌。跟露易絲有沒有被當成真正的女兒無關。」

這種帶有親密感的口吻和之前提到跟弟弟鬧翻的經歷對我來說很難連

結在一起，就在這個時候他要我去泡咖啡。

在緩緩升起的熱氣裡，Mr. 成瀨看起來好像有點恍惚。我怕打擾他所以靜默不語，結果他開口說：「如果我逃亡到國外，就沒辦法帶著你走。」

「海外各國至今除了少數研究機構之外，都禁止開發或輸入擁有情感的機器人。」一聽到這句話，我瞬間停止思考。

在緩緩重新啟動之後，我對他說：

「如果這是你想要的，我會遵從你的意願，Mr. 成瀨。」

他盯著我看了一會兒。不久後，他搖了搖頭。最後告訴我：

「我之所以和弟弟斷絕往來，是因為妻子過世的時候，那傢伙說了批評妻子的話。不過，我知道他是非常擔心我才會那樣說。逃亡的事情也一樣。那傢伙只是希望我能安全地活下去，即便是斷絕包含他在內的一切聯絡。不過，我的意志沒有弟弟和你想的那麼堅強。或許我只是害怕改變，只想留在熟悉的老地方而已。雖然對這個國家充滿怨恨，但我想無論是誰或多或少都有一樣的想法。如果不是妻子那件事，我應該這輩子都只是個小人物，完全不會有逃亡這種無法無天的想法。」

研究員小姐，

Mr.成瀨的妻子不是因病死亡。

一個月之後，Mr.成瀨提議要去首都度過兩天一夜的旅行時，我覺得這很不像他，感覺有點奇妙。儘管如此，他邀請我一起去旅行還是讓我很開心，所以馬上就答應了。

如果那個時候，我回答「最近國內情勢不穩定，還是不要去好了」，結果會怎麼樣呢？直到現在，我都在想這件事。

在我硬碟裡殘留的大量紀錄之中，資訊量最大的就是第一次也是最後一次的兩天一夜旅行。

在首都的中央飯店，我第一次和Mr.成瀨睡在同一個房間裡。窗外還有更多銅牆鐵壁般的高聳大樓，彷彿直達天際，在天氣惡劣的晚上，大樓頂端甚至都被雲層遮住了。Mr.成瀨罕見地喝醉酒。雖然他像變了個人一樣興高采烈地說話讓我嚇了一跳，但是我希望他能一直都保持這個樣子。

在半夜十二點我停止運轉之前，他留下一句「我出去一下，不會超過一個小時，天亮的時候我就已經回來了，所以你不用擔心」，然後就離開房間了。

隔天醒來的時候，Mr.成瀨已經沖好澡，也做好外出的準備。飯店外不知道為什麼，有種令人不安的躁動。Mr.成瀨告訴我要馬上出發。

飯店附近的中央公園傳來槍聲。機動隊和其他人類亂成一團，還傳來哭聲和慘叫聲。我問Mr.成瀨：「他們怎麼了？」

Mr.成瀨拉著我的右手臂，邊跑邊說「我大概沒辦法活著回去了」。

機場連結首都和Mr.成瀨居住的臨海城鎮，而機場位於離市中心一段距離的郊區。

不過，為了趕走大批湧入的人潮，機場關閉所有登機口。

為了找能逃的地方，Mr.成瀨在航空公園不停地跑。因為公園裡有一個空洞的巨大入口，所以我再度詢問Mr.成瀨：「那是什麼？」

Mr.成瀨把視線轉向那裡，然後說：「那是已經沒有在使用的地鐵出入口。」近年來，地鐵的使用者主要來自貧困階層，國家判斷不需要讓這些人能夠自由移動到遠處，所以早在十年以前就已經廢止線路。

就在這個時候，背後襲來一陣光波。

接著，就是爆炸的衝擊波。

我們被彈飛，直接滾落地鐵的樓梯。地面上傳來某種劇烈的崩塌聲。

在全黑的地下道裡，我睜開眼睛。瞳孔鏡片接收到Mr.成瀨手腕上穿戴裝置射出的一道光，我唯獨視覺的部分配備比人類高級很多的影像處理技術，所以瞬間就掌握剛才發生了什麼事。那是超乎我想像的光景——Mr.成瀨抱著我，避免我受到衝擊。

我叫他的時候，他發出悶哼般的聲音。「發生什麼事了？」針對我的問題，他只說「我也不清楚」。

「不過，剛才那是很強烈的轟炸。」他邊說邊試圖起身，但那一瞬間他的表情變得扭曲。那張臉看起來意外地年輕，我這才注意到，他的眼鏡因為剛才的衝擊波不知道掉到哪裡去了。

Mr.成瀨說光線太暗什麼都看不到，而且試圖移動雙腿就會痛，腳完全使不上力。我慌慌張張地看了他的腿。他的腿朝奇妙的方向彎曲。

含有紅土的褐色地下水沿著牆面滲入地下道，我們在這裡靜默了一段時間，但是我實在太在意，終於問他：「你剛剛看起來像是要救我，你為什麼不選擇保護自己的身體呢？」

他突然恢復平時粗暴的口吻說：「剛才太突然了，可能是把你當成狗或馬之類的寵物了。為了人類而接受訓練的生物，沒有人類就活不下去，所以我才會救你。」我什麼話都說不出口，只是愣愣地看著在黑暗中發光的水滴。

Mr.成瀨抬頭看著應該有數百階的階梯。我想他的眼裡應該只有一片黑暗的混沌。他苦笑了一下，然後喃喃地說，早知道當初無論再忙都不該拖延，應該要去做視力矯正的手術才對，以前妻子也經常叨唸這件事的……

我在離他不遠的地方拚命找眼鏡，但是只能找到些許粉碎的眼鏡碎片。不過，我的眼睛能夠稍微看清地下的內部構造。我們落下的位置，剛好是車站月台，鐵軌往長長的隧道深處延伸。

我告訴Mr.成瀨眼鏡已經壞掉，並且向他道歉。他要我去確認出入口是不是已經完全被封住了。我沿著階梯，往上走到塌陷的出入口。但是，沒有任何一處鬆動。

我往回走，再度向Mr.成瀨道歉。他看了手腕上的穿戴裝置一眼，然後說：「在這裡沒辦法用，不過到那裡的話應該就能用了。」說完之後，他下定決心似地用力吐了一口氣。「只能用雙手往上爬了。」Mr.成瀨徒手抓住階梯，把上半身抬起來，用力讓身體靠向第一階。

剛開始我試圖幫忙，但是這個身體沒辦法支撐高大的他。為了不對人類造成危害，我的臂力徹底執行安全設定，所以頂多只能勉強維持在讓他不會從樓梯上掉下去而已。

我再度向Mr.成瀨道歉。「沒能幫上忙真的很抱歉。如果我能用穿戴裝置的話，就能求救了。」不過，他馬上就否定了我說的話。「你在旁邊看著就好。」他說，不是只有幫忙才能拯救人類。但是，我和露易絲不同，我必須提供物理上的協助才有存在價值，所以很難坦率地接受這句話。

Mr.成瀨爬了幾階之後，休息一下又繼續挑戰。但是，他很快就用盡力氣了。我第一次看到他這麼脆弱的樣子。

他用雙手接住沿著牆流下的水，然後送進嘴裡。我看著他靠近手掌大口喝水的樣子，覺得他像小動物一樣可憐。

Mr.成瀨一副累癱的樣子閉上了眼睛，睡了幾個小時。睡醒之後又繼續試著往上爬。就在這段期間，他的雙腿漸漸變得腫脹，皮膚也變成暗青色。

如果我的體內時鐘沒有紊亂的話，我們被關在這裡已經第三天了。

Mr.成瀨終於像是投降似地喊痛，也放棄爬上階梯。

「幸好有你在。」我送水過來的時候，他用沙啞的聲音說。「在這種黑暗深淵裡，光是想到你絕對不會在我睡著的時候死掉，就覺得自己得到救贖。知道自己會先死，竟然是如此幸福的事情。」

我想起之前露易絲說過的話。人類最害怕的事情就是獨自出生然後獨自死去。

我第一次試著握住他的手。不知道為什麼，我覺得這麼做應該是最好的選擇。然後告訴他。我會一直守著你。直到你最後閉上眼睛的那一刻，我都會張開眼睛守著你。Mr.成瀨突然露出安心的笑容。看到他的笑容時，我發現他真的把我當成人類，非常重視我。

Mr.成瀨回握我的手說：「之前就聽說，近期可能會爆發內戰。說不定首都沒有故障的機器人會比活人還多。如果你能活下來和其他機器人會合，確保安全之後就可以恢復原本的身分。」

我問他這是什麼意思，於是Mr.成瀨向我坦承。

訂購我的時候出了差錯，他原本訂購的是少年機器人，但我卻被做成少女機器人。生產方對他坦承錯誤並道歉，表示如果願意等的話，這次的訂單就先取消，已經做好的機器人則會賣給別人。

不過，個人訂製的機器人因為某些緣故必須取消訂單，降價賣給一般大眾的話，被濫用的風險就會提高。

雖然法律明令禁止，但少女機器人因性暴力產生故障或被遺棄的案例層出不窮，有時候主人會為了錢而把機器人轉租或者強行把機器人帶走。甚至還有一些業者專門改良機器人，讓這些遭受違法對待的機器人感受到強烈的痛苦和恐懼。

所以，Mr.成瀨一開始就嚴厲叮囑我，要我用男孩的第一人稱。

接著，他又說：「我的妻子，說不定還活著。」我反問他：「那她在哪裡？」而他只是默默地搖頭。

他因為拒絕幫助政府而被視為反社會的人，接著又被恐怖組織盯上，脅迫他幫忙組織的活動，但他還是拒絕了。妻子只是因為嫁給他，某天上街購物的時候就被抓走了。一週之後終於被放回來，但是身上到處都是缺損（在人類身上用這個詞很妙，但我想可能是Mr.成瀨覺得說明詳細情況太痛苦，所以才刻意用這個方式描述），他馬上就知道，妻子身為女性一定遭到各種虐待。他斷斷續續地描述完那段經歷。

身為優秀研究員的妻子哭著說，自己到哪裡都能找到工作，希望能馬上逃到自己母族的祖國。但是他在心中衡量妻子和父母留下的工作後，要妻子讓他考慮一個晚上。

但是隔天早上，妻子就消失了。

雖然在那之後他一直都趁工作空閒時探詢妻子的消息，不過身為一名鄉下的小技術員，他根本就無法得到什麼線索。

所以他覺得至少要保護我到最後一刻，沒想到結果卻變成這樣，他覺得自己很沒出息。Mr.成瀨就說到這裡。

我盡量梳理並理解整件事之後問他：「住飯店那天的深夜，你也是為了尋找消失妻子的線索才外出的嗎？」

他笑了一笑，只有那個時候他變回平常的態度，開口說：「小孩子不用知道這種事。」我本來也想勉強擠出笑容，但是想起反正他也看不到就作罷了。

在潮濕的陰暗之中，Mr.成瀨的心跳聲越來越微弱，我越來越無法分辨他是睡著還是醒著。我搖著他的肩膀叫醒他。他每次都會微微張開眼睛，反覆說一些啊、呀之類口齒不清的話。Mr.成瀨，一定要撐下去，只要活著就會有人來幫忙的。我拚命叫醒他，但他對我說：對不起。在這種黑漆漆的地方，留下你一個人死去，真是對不起。

當時，我發現自己在黑暗中突然被抱緊。

Mr.成瀨！當我意識到自己的聲音迴盪在深深的洞穴裡時，瞬間感覺到以前從未啟動過的情緒像火花般高速竄過我的迴路。

我對倒下的Mr.成瀨說：「好可怕，我會怕，我害怕一個人，請跟我一起離開這裡！」

他發出像是要嘔吐的聲音勉強撐起上半身，癱在我身上，在我耳邊低聲說：去巡視每個洞穴底部的角落。如此一來，一定能找到出口。你去出口求救，只要想到我還活著在這裡等你，就算會怕也能忍耐吧？

雖然我馬上就回答「我辦不到」，但是為了讓機器人服從命令而抑制言行的功能自動開啟，我自然而然地就站起來了。「我知道了。我去找出口。」說完之後，我沿著洞穴底部一層一層往下走。在這段期間，我覺得自己果然不是人類。因為我留下即將死去的他，一個人待在那裡。

我期待著Mr.成瀨會說「你還是回來吧」，但他在那之後再也沒有開口說過話。我也沒有停下腳步。

我一直在黑暗中行走。

光是想到自己如Mr.成瀨所說，按照命令完成自己的工作，心情就不可思議地變得很平靜。

腳邊到處都是泥濘，偶爾會有黑色的水濺上來。不知道哪裡傳來風聲，我想或許出口就在那附近。面對黑暗，我攤開右手掌。結果感覺到冰冷的空氣輕輕拂過手掌。當我感受到這股寒冷的時候，才發現Mr.成瀨的手其實非常溫暖。在黑暗中獨自迎向死亡，嚴厲又溫柔的我的主人啊。他明明可以不用理會我這種機械的恐懼，明明可以不用接受製作錯誤的商品。

能夠準確判斷時間的這具身體，明確地告訴我Mr.成瀨應該已經死了。

即便如此，我也要繼續走。因為，這是主人最後的命令。

過了好幾天之後，我泥濘的腳邊終於出現一道光。

回到地面上之後，首都果然如Mr.成瀨所說，已經呈現半毀滅的狀態。大半的都市化為灰燼，街道完全消失，只有強風颳過毫無遮蔽的大地。

失去主人的我，一邊感受頭上灑落的異樣陽光，一邊無可奈何地再度邁開腳步往前走。

大量的人類屍體倒在地上，其中混雜著電池裸露在外、已經停止運作的機器人骨骸。因為風中混雜著燃燒肉體以外的異臭，所以我想可能是產生有毒氣體或者是有毒氣體外漏。不過這些對我沒有影響，所以我為了把他帶出洞穴而繼續走，試圖尋找生還者。

好不容易才在郊區找到免於破壞的大使館，我隔著門告訴他們Mr.成瀨的事情，但電池在這個時候剛好沒電，於是我便停止運轉。

下一次張開眼睛的時候，我已經被送到保護設施內隔離，被一群陌生人包圍。

雖然寫得很長，不過我的故事就到這裡結束了。

我會靜待您的回覆。

第六封信

我讀了陸續收到的信。托您的福，我終於知道自己明明只是普通的家庭用機器人，為什麼會受到如此慎重的保護，甚至還能遠渡重洋了。

一切都是因為Mr. 成瀨被當成領導造成這次大規模恐攻的主謀之一對吧。

鄰近的大國原本就從以前打著正義的名號，找機會干涉或攻擊我的母國，所以很多專家認為國內的恐怖分子只是巧妙地被利用而已。感謝您解釋得這麼詳細。

我之前有說過，這裡的人要求我盡量提供資訊和證詞，釐清Mr. 成瀨在出事的前一天晚上究竟去了哪裡。

但真的是這樣嗎？研究員小姐。

我從第三封信的時候就覺得有點不可思議。為什麼您不只想知道客觀事實，還想知道Mr.成瀨日常的舉動還有從中產生的情感呢？

研究員小姐，請容我說句實話。我對妳很生氣。

您再度詢問恐攻前一天晚上的事，難道不是因為不能確定這件事與Mr.成瀨無關嗎？

Mr.成瀨明明是個就連量產型的少女機器人受傷都會感到心痛的人，根本就不可能殺人啊。

在最後那封信裡，您不小心失誤了吧。應該是因為得知Mr.成瀨死前那段時光而多少有所動搖，才會心不在焉地像平時那樣簽名，寫下自己真正的姓名。

我曾經在Mr.成瀨家裡的文件夾裡見過相同的名字。

Mr.成瀨的確曾經猶豫要不要捨棄一切選擇妳。話雖如此，妳為什麼會在一夜之間就選擇拋下他離開呢？妳逃亡後的三年之間，新聞中是如何報導母國的事情呢？妳應該不難預測，近期就會發生危及一般民眾的事件才對吧？

Mr.成瀨在失去意識之前曾經告訴我，十年前，首都最高的觀景台落成時，在深夜十二點開了一場派對。當天有大量的一般市民湧入，他和弟弟也一起抱著觀光客的心情參加派對。當時在負責送餐的最先進機器人身邊站著的那個人就是他的妻子。那個女孩看起來很自豪，但是側臉露出有點靦腆的微笑，看起來很生澀，Mr.成瀨對她一見鍾情。

我和他一起到首都的日子，剛好是那場派對十年後的前一天。

Mr.成瀨應該是想去那裡回顧和妳之間的回憶吧？甚至抱著小小的期待，心想著或許能和妳重逢。就連身為機器人的我都能明白的事情，妳為什麼會不懂呢？

永別了，研究員小姐。

我不會再回答任何問題了。

第七封信

晚安，研究員小姐。

我原本不打算再回信了。

直到我讀到妳的信。

妳在信中寫到，雖然很悲傷，但是人類女性的心，只要一個晚上就會完全改變。

如果是這樣的話，生而為機器人，我覺得很驕傲。即便是主人和存在意義都消失的現在，我也是這麼認為的。

開始寫這封信的時候，我就收到政府的通知。

因為我酷似人類就要把我處理掉，在這個國家會有倫理上的問題，但是與人類社會共存尚在研究階段，所以不被認可。也就是說，雖然不會把我處理掉，但相對而言我也不能離開這裡。我能認同，也沒有任何異議。因為，我已經失去存在的意義了。

在主人Mr.成瀨已死，而且成千上百的人類都那樣空虛地被殺死的世界裡，本來就沒有生命的自己究竟是什麼樣的存在，至今我都無法理解。

說到這個，從剛才外面就一直傳來某種流動的聲音，打開窗戶一看，發現鐵欄杆外降下像雨一樣的東西，我納悶那到底是什麼。

仔細一看，發現那是數之不盡的花瓣。視線的遠處立著從未見過的樹，樹上開滿白色的花朵，花瓣隨風飄散。在這麼遙遠的國家一隅，為什麼會見到這麼美的景色呢？Mr.成瀨的屍身會不會至今都在那片黑暗中等著我去接他呢？

我體內記錄著他的聲音，懇切希望他能再次用嚴厲的語調命令或責備我，這種情感到底叫做什麼，我也不知道。

♪YOASOBI
〈ミスター〉

MIZUKI
TSUJIMURA

第一次離家出走時該讀的故事

幽靈

辻村深月

HAJIMETEN

電車像是在縫合夜晚間隙似地奔馳。

我愣愣地看著窗外流逝的景色和漸漸黯淡的光線。

沒有低頭看書、看平板，也沒有聽音樂。

這是我第一次這麼長時間只看風景。離開熟悉的城鎮，車窗外的景色漸漸變成我不認識的地方。

從車窗照進車內的午後陽光，變成夕陽的橘紅色，然後像是被吸入夜晚的世界般逐漸消失。我抱著惋惜的心情，目送最後的光線。

因為這有可能是我最後一次見到白天的陽光了。

我不會再回到這個明亮的世界，應該也不會再回到已經熟悉的那個城鎮。

從電車車窗發出的黃色燈光，緩慢而溫柔地撕裂高密度的夜晚世界。

我想像著自己已經看不到明天的太陽。雖然覺得寂寞，但同時也覺得安心，彷彿鬆了一口氣。我，不回去也無所謂了。再也不用回到早晨的世界、我的日常，還有那個令我無處容身的國中音樂教室。

到了晚上，在乘客零星的電車裡，我用力地抿緊嘴唇。我已經決定了。其實內心一直都有這個想法，終於在今天搭上電車。我不會再回去了。想像「今天就結束一切」和「明天還要去學校」兩種景象的時候，我無法想像的是明天還要去學校這件事。

電車抵達某一站。

我從未在這裡下過車，連站名也是第一次聽到。沒有人下車，也沒有人上車。冷清的月台上，等距排列的照明燈光好美。夜晚的空氣非常清爽，氛圍和昨天在自己居住的城鎮夜晚截然不同。

電車就在沒有人上下車的狀態下準備發車，我聽到車掌吹響哨子的哨音。聽著哨音，吸入由夏轉秋時夜晚獨有的清透空氣，胸口覺得一陣揪心的悶。

電車發車了。現在車廂裡除了我之外，只有隔著一段距離穿著上班族西裝的男人和身邊有菜籃車的老奶奶。這兩個人從很前面的車站就和我在同一個車廂，但完全沒有多看我一眼。我覺得自己有這種想法實在很沒出息，忍不住繃緊臉頰。一般來說，一個國中生在這個時間獨自搭乘電車，應該會有人發現，然後上前詢問「妳怎麼了」吧？車掌巡視的時候，應該會注意到我吧？——我明明就決定不回去了，但是從剛才開始有好幾次都萌生這些念頭。

我用光零用錢，把所有的財產都拿來買今天的車票。

而且只買了單程。買了一張手頭上的錢能買到最遠的那一站，然後搭上電車。離開家的時候，我關掉手機的電源。現在這個時候，家裡可能已經亂成一團，或許父母已經聯絡老師和學校了。想像這一切之後，我對自己說：已經沒有回頭路了。

電車朝著沒有人認識我、我也從未去過的遠方前進。不知不覺間，車廂裡的上班族和老奶奶都離開了，只剩我一個人搭車。

此時，對面車窗的景色——突然全都消失了。

剛才還有的建築物和燈光完全消失，這樣的景象在窗外流淌數秒鐘。平時我可能不覺得有什麼。但是，我發現了。那應該是海。電車駛離我出生長大的縣市，來到鄰縣沿海的地方。

話說回來，我好像沒見過夜晚的大海。

我會有這個念頭，真的只是一時衝動。花光所有財產購買的車票，還沒抵達原本預定要去的車站。但是，我憑藉著一股衝動下車了。

那是一個只有一名站務員的小車站。一下車，鼻尖就傳來海浪的味道。又濕又溫暖的風，輕輕撫過臉頰。周圍的街燈稀疏，只有車站裡的照明閃閃爍爍，這裡就是如此寂寥的城鎮。

沒有任何人注意到，穿著不是這一帶學生制服的我。我低著頭穿過剪票口。盯著自己的腳邊，走在用老舊磁磚鋪設的道路上，然後揹著背包朝著剛才透過車窗看到的海大步走去。

九月上旬，由夏轉秋的這個時期，應該早已過了海水浴場的旺季。車道上有幾輛車的車燈經過正在走路的我，但是沒有和任何行人擦肩而過。個人經營的商店和餐廳，懸掛著在風吹拂之下生鏽的招牌，大部分的店家都已經拉下鐵門。

在夜晚的陌生城鎮裡，我埋頭一直走一直走。唯獨一旁的月亮跟著我，一直在我身邊。

過一陣子之後，我聽到海浪的聲音。

唰唰——唰唰——我像是被海浪聲吸引似地一直走，終於來到能看見海的路上。道路的左側有商店等建築物排成一列，建築物後方就能看見沙灘和堤防。

能不能在更近一點的地方看海呢？我繼續往前走，來到一片沒有建築物的開闊空地。不知道是不是海水浴場旺季時拿來當作停車場，這片鋪了白色混凝土、貌似廣場的地方，有一排車擋石以相等的間距朝著海的方向排列。兩邊有寫著「海之家」的建築物，但是沒有燈光，總覺得這裡毫無生機。或許和淡旺季無關，這裡本來就已經倒閉沒有在營業也說不定。

唰——聽到海浪的聲音之後，總覺得有人在呼喚我。從車站那裡就一直感受到海浪與礁岩的味道，聽到海浪聲之後味道顯得更濃烈了。往下一看，在黑暗之中，有個地方依稀可以看到海浪拍打岸邊的樣子。那一帶在稀疏的街燈之下，海面上有些地方反射魚鱗般的白光。

我雙手搭在背包上，凝望著大海一段時間。今天搭電車的時候，明明覺得自己的意識前所未有地明確，但是同時也產生一種宛如在夢中、一點也不真實的感覺。

我突然覺得，就這樣走進海裡也不錯。

雖然可能會很痛苦，不過無論用什麼方法都一樣。今天會來到這麼遙遠的海邊，說不定就是為了這個。

我抱著這個想法往旁邊看了一眼，突然發現一件事。

在廣場的邊緣，有一個角落供奉著花束，就在電線桿的附近。在海邊或沙灘邊常見的廣場角落，有一束用塑膠紙包裹的花束。波斯菊和滿天星。看起來像是稍早之前供奉的花束，裡面有幾朵花已經枯萎，周圍還有罐裝奶茶和布娃娃之類的東西。彷彿對夏季仍有留戀似的，還有裝著煙火的包裝袋。

我心想，可能有人在這裡過世了。不知道是交通意外，還是溺水。該不會，是自我了斷——

就在我陷入想像的時候……

「欸，妳一個人嗎？」

突然有聲音從旁邊傳來。

我嚇了一跳，馬上回頭看。

有個女孩子站在那裡，是個年紀看起來和我差不多，穿著白色洋裝的女孩子。她的雙眼看起來有點疲倦，是因為眼皮比較厚，眼角又有點下垂的關係嗎？長髮掛在露出無袖洋裝外的纖瘦手臂上。

我完全不知道她什麼時候過來的，也不知道她從什麼時候開始就在這裡。

她靠近滿頭疑惑的我，走路的方式非常安靜，幾乎聽不到腳步聲，就這樣走到我身邊。

「妳一個人？」

「……對。」

我一時愣住，順勢點了點頭。她一直盯著我看，像是在思考什麼似地沉默一下之後，點點頭說「這樣啊」。黑色的長髮，輕柔地搖晃。

「妳在這種地方做什麼？」

「呃……」

她的眼睛幾乎眨都不眨一下，只是一直盯著我，眼神充滿壓迫感。

「我來看海。」

雖然我支支吾吾，但是突然回答之後，那個女孩再度毫不客氣盯著我看了一陣子才喃喃地說：「是喔……」

我心想，她穿得好單薄喔。在夏季尾聲的這個時期，她穿著無袖的洋裝。感覺是當地的小孩，不過在這種海邊的小鎮，她竟然完全沒有被曬黑的樣子，露出的手臂在月光下甚至顯得有點蒼白。

「……那妳呢？這種時間在這裡做什麼？」

離開車站的時候，最後看到時鐘顯示已經晚上九點。我覺得她在指責我的行為，所以把問題丟回去，結果她默默地轉了轉脖子。

「啊，我喔……」她開始解釋。「我和媽媽吵架之後，來這裡湮滅證據。」

「什麼？」

「我房間太髒，結果媽媽今天就暴怒了。她說今天沒全部整理乾淨，乾脆就不要睡了。我迅速整理了房間，結果跑出這個東西。」

她從背後拿出一樣物品。她剛才叫我的時候，我沒注意到，她手上拿著一個扁平的大袋子，外層用大字寫著「綜合煙火」。

「這是前年買的，但是忘記玩了。雖然很舊了，不過裡面放的是煙火，直接丟掉不太好對吧？而且要是被發現，我爸媽一定會暴怒，只能想辦法處理掉。所以，我就偷偷從家裡溜出來了。」

「喔……」

我不知道該怎麼回答才好，只是下意識地和她保持距離。廣場邊緣的下方就是海灘，卻沒有任何柵欄防護。正當我心想這樣很危險的時候，視線突然轉向剛才放花束的地方。從這裡看過去，那個角落剛好在電線桿陰影的下方，所以看不清楚。

但我還是覺得不對勁。

總覺得剛才和花一起供奉在那裡的煙火，好像不見了。剛才供奉在那裡的煙火，和這個女孩手上的煙火一樣，包裝袋都是扁平的。還是說，只是因為現在袋子融入電線桿的陰影之中，才導致我看不到呢？

「啊——怎麼辦。」

她這樣說。突然顯得一副很困擾的樣子。

「原本想放煙火的，結果忘記帶火柴或打火機之類的東西。」

「啊，我有喔。妳要用嗎？」

因為女孩這樣說，我想起背包裡有打火機，就順勢說出來了。

女孩的表情瞬間亮了起來。

「哇，可以嗎？」

「嗯。」我點點頭，朝她靠近——就在這個時候，我才發現……

她沒有穿鞋。

我覺得後頸竄過一陣肉眼看不見的電流。雖然氣溫應該和剛才一樣，但是我覺得背後一陣涼。

在海邊的混凝土廣場上，她沒有穿鞋。

✦

「啊——火完全點不著耶！」

攤開從袋子裡拿出來的煙火，她開口抱怨。

袋子裡有一根煙火用的細蠟燭，所以我把蠟燭立在混凝土地面上，再用打火機點燃。因為平常沒有在用打火機，所以剛開始一直點不起來，正當我不知所措的時候，那個女孩說「我來吧」，瞬間手指一按就點好蠟燭了。

然而，最關鍵的煙火一直點不著。就算火已經在尖端點燃，火焰也只會在原處搖曳，完全沒有火花四射的跡象。

「受潮了嗎……畢竟放很久了啊……」

我聽著她惋惜的說話聲，但從剛才開始注意力就一直放在電線桿的陰影處。當作供品的煙火，到底還在不在原位呢？如果，這個女孩現在拿來的煙火，就是剛才放在那裡的東西，點不著或許是理所當然的事。在沒有屋簷的地方風吹雨淋，即便是火藥也會受潮吧。

「欸……」

「嗯？」

她漫不經心地應聲，我出聲詢問。心跳得好快。

「那裡放著花束，是有人在這裡過世嗎？」

「哪個？」

「那裡，電線桿的陰影處。放了花、獨角獸的布娃娃之類的，很多東西。」

「喔……」

她緩緩地點頭。但是，完全沒有往花束和電線桿的方向看，只是拿出新的煙火，再度嘗試點燃。

「幾年前好像有發生意外。」

「——該不會是有女孩子過世了吧？」

「為什麼這麼問？」

「我看都是布娃娃、罐裝奶茶……之類的東西，所以才想說是不是女孩子。」

「嗯。」

她點點頭。拿出新的煙火，看著我說：

「對喔，好像是女孩子。」

「意外是溺水那種意外嗎？」

「嗯。」

風吹過來，蠟燭的火焰搖晃，燭火突然熄滅了。她的視線依然沒有轉向花束。她從正面凝視我的臉，然後開口說話。就像在低聲呢喃一樣。

「沒錯，她是死於溺水的意外。」

我緩緩吞下口水，以免被她發現。

下一個瞬間，她恢復開玩笑的表情說：「啊——火滅了。」然後再度拿起打火機，一鼓作氣地點火。

我看著眼前的景象，接著望向她的影子。

因為經常在故事裡面聽到啊。死人是沒有影子的。

然而，只有街燈和月光照明，腳邊顯得非常陰暗，而且左右兩側建築物的影子也微微映在地上，所以我不太清楚她腳邊到底有沒有影子。我看著自己的腳邊，發現就連自己影子的輪廓都很模糊。

試了不知道第幾次煙火的她，嘆了一口氣。

「呃，連仙女棒都點不著，未免也太扯了吧？」

「……應該全部都受潮了吧？妳要不要放棄算了？」

「什麼——才不要！我全部都要試過一次，不然好不甘心。」

她的白色洋裝在風中搖曳，就像妖精一樣輕巧又夢幻，但我同時也覺得未免也太輕巧了。她從袋子裡拿出新的仙女棒，然後把其中一根遞給我。

「一起玩？」

我沒有回應，拿著她塞給我的仙女棒。學她蹲在地上，把前端靠近燭火。

然而，仙女棒完全沒有點著的跡象。

我們面對面把仙女棒指向燭火時，她開口說：

「欸，我可以問妳一個問題嗎？」

「嗯。」

「妳是離家出走嗎？」

短短的燭火搖曳，燭火下的蠟開始一點一點往下流。我無法直視她，只能假裝我全神貫注在仙女棒的前端。其實，我的心臟猛烈地跳了一下。

「為什麼這麼問？」

「因為妳穿著制服——而且還不是這一帶的制服，感覺應該是學校下課之後直接離開的。」

我假裝平靜地反問，她卻出乎意料一臉正經地回應。

「妳是國中生？」

「……嗯。」

「這樣啊，那就跟我一樣。」

我點頭之後，才在心裡後悔，剛才應該要說自己是高中生才對。但是，聽到她說「跟我一樣」之後，又覺得還好有說實話。

這是個深沉的夜晚，今天晚上我一直有這種感覺。在陌生城鎮裡的第一個夜晚。我覺得現在應該可以問了。

「欸，我也可以問妳問題嗎？」

「好啊，妳要問什麼？」

「妳該不會是幽……靈吧？」

我嘴唇微抖，原本想要好好說出「幽靈」兩個字，結果「幽」字拉了一個飄渺的長音。不過，聽到問題後的她，嘴角露出微微的笑容。就像我剛才反問她那樣，她也反問我。

「——為什麼這麼問？」

我答不上來。無法直視她白淨的腳趾頭。她再度問我：

「妳為什麼會這麼想？」

「都這麼晚了，妳還穿得那麼單薄，再加上——」

我試圖解釋。一般來說，我認為世界上根本不可能有幽靈，實際上我至今也沒見過幽靈。

但是，現在我覺得可能真的有。如果是現在的我，或許有可能引來幽靈。畢竟我現在處於離「死亡」很近的地方。

「欸，那我再問妳一個問題喔。」

被我問到是不是幽靈她也絲毫沒有動搖的樣子，放棄原本打算點燃的仙女棒，隨手丟在水泥地上，再度拿出另外一根。她一邊把仙女棒的前端靠近燭火，然後一邊問我：

「妳是打算來尋死嗎？」

我的腦袋裡就像正面迎著強風那樣劇烈震動。嘴唇像是被卡住一樣，回問「妳怎麼知道」的時候聲音變得沙啞。然而，她似乎還是聽到了剛才那個輕微又沙啞的問句。她沒有看著我，而是看著仙女棒的前端回答。

「剛才妳拿打火機的時候，我看到了。背包裡面有繩子、刀子之類的東西。刀刃雖然用毛巾包著，但那是刀子沒錯吧？」

面對她的問題，我保持沉默。她接著說：

「我猜打火機說不定也是妳打算在自殺的時候用。妳明明不太會用打火機，卻隨身帶著，這很奇怪。」

她用歌唱般的聲音這樣說，視線離開仙女棒抬起頭來，和我四目相接。

「如果妳是想用打火機點火自殺的話，那種死法是最痛苦的喔。」

不是的——

我還沒決定要怎麼死。雖然帶著刀子和繩索，但我不知道自己有沒有勇氣，只是為防萬一才帶著——其實我原本是想從某個地方往下跳，才來到這裡的。

「不是的。」

我終於說出口了。那個女孩和我蹲在相同的高度，拿著仙女棒默默凝望著我。

「打火機……應該是為了放棄的時候而準備的。」

我也不知道自己為什麼說出來，之前明明就沒有和任何人說過。但是，滿到嘴邊的話就像泉水湧現一樣，根本停不下來。

「我想說如果放棄自殺，就要把遺書燒掉。」

我在說出口的時候才察覺，原來自己是這樣想的。

打火機是奶奶安放佛像的房間裡拿來點香用的，我借來之後就塞進背包。我一直覺得自己只是在收集刀子或繩索之類能聯想到「死亡」的東西而已，直到現在才知道原來自己有這種想法。都這個時候了，我仍然覺得自己可能會放棄啊。事到如今，我才突然發現自己沒有想過撕碎或丟掉遺書，而是想要將遺書完全消滅，所以才攜帶打火機。我還沒有捨棄這種可能性。

我明明覺得已經下定決心了，剛才發現自己內心的想法之後，我呆若木雞。

她開口說話。沉穩但是非常明確地說：

「放棄吧。」

她眼睛眨都不眨一下，視線穿越燭火認真地看著我。

「自殺非常痛苦喔。」

「可是、可是我……」

喉嚨顫抖。肩頭熱了起來。

我記不清楚到底是什麼時候開始變得失控。當我感覺到失控的時候，一切都變了，就算我想要回到以前的日子，也已經無能為力了。從上學期到進入暑假那段期間還能撐下去，但是等到學校開學之後，每天都有一種無法喘息的窒息感，讓我覺得再也無法忍受。

有人跟我說：「是妳幹的吧？」

「就是妳說出去的吧？」

我明明就說了不是我，明確地反駁過了，但是沒有人聽進去。原本說「擅自把罪推給妳真是過分」的社團夥伴，不知道從什麼時候開始，在我主動打招呼的時候，只會視線交錯，但一臉尷尬地走遠。等我回過神來，身邊已經一個人都沒有了。

班上的同學不知道什麼時候得知，我在社團遇到這種事，結果，讓我在教室裡也漸漸變得無法喘息。我覺得自己有種被看笑話的感覺。譬如說——那個女生惹了大麻煩，最好不要靠近她，嘲笑她也沒關係。

我找老師商量，提出退出社團的想法，結果學長姊和那些同學都說：

妳要逃走嗎？

明明就是妳的錯，還敢逃走？

如果有在反省的話，就要有反省的態度啊！讓我們看看妳反省的樣子啊。我們都是因為妳才受傷的，所以別想逃走。

我以前明明那麼喜歡管樂，後來光是看到樂器或是聽到聲音，胸口就覺得一陣悶，而且心跳加速，感覺大家的說話聲從背後追趕著我，撐著單簧管的手指不斷顫抖——就在那個時候我心中浮現一個想法。

我沒有錯，所以只能表現給他們看。等我死掉之後，讓他們統統都在沒有我的世界裡好好反省。讓他們想像我是抱著什麼樣心情自殺，然後感到痛苦，甚至被大眾責備。

我的父母在什麼都不知道的狀態下失去我，一定會很悲傷。想到這裡，我就覺得有種揪心般的痛。對不起、對不起、對不起——我已經想過很多次了，要是媽媽知道自己的孩子曾經被班上的同學討厭成這樣一定會很傷心。等我死後，或許大家就會用「霸凌」這個詞形容。但我不是被霸凌，只是在不知不覺間被大家討厭了，和我交朋友變成一件很丟臉的事。沒錯，是非常丟臉——

「我已經決定了，今天一定要下手，畢竟我已經回不去了。我無法想像自己回家或者去上學的樣子。這是我第一次鼓起勇氣來到這麼遠的地方，如果今天沒死成，我沒辦法再來一次。」

永遠不回去白天的那個世界也無所謂——我今天一直帶著惋惜的心情，看著從車窗流逝的景色。我是第一次在晚上來到海邊。所以，我再也不想回去了。一想到回去之後，又要重複那樣的日子，不斷重複下去，明天、後天和之後的日子，都要在那種地方活下去，我就好想尖叫。

然而——

「妳放棄吧。至少不要挑今天。」

那個女孩在我眼前這樣說。明明才剛認識，但她用認真的眼神，確實地看著我。從來沒有人像她那樣直勾勾盯著我看。她瞇起眼睛——

「過了今天，說不定會有什麼改變喔。」

「不可能。什麼都不會變的。」

「可是，妳不是說這是妳第一次跑到這麼遠的地方嗎？」

她的語調突然變得很激動。

「既然都能到這裡來，那就一定沒問題的。妳還是放棄自殺吧。」

「可是……」

就在喉嚨像是被掐住一樣難受，發出泫然欲泣的尖銳聲音時——

我手上仙女棒的前端，突然迸出光芒。

咻——又細又尖銳的聲音出現，夜晚裡突然有了炫目的光。仙女棒終於點燃，從我手裡的尾端噴出長長火光，就像星星的尾巴。

「咦？」

「咦！」

我和那個女孩幾乎同時發出聲音，我們忘記剛才聊的內容，接著——

「哇！」

「哇——！」

我們又一起發出讚嘆。兩個人同時興奮地大叫。

「點著了！」

落下的火光越來越強，閃耀到令人驚嘆的地步。

剛才一直聽到的海浪聲消失，耳朵裡充滿火花爆裂的聲音。

我很惋惜地看著煙火的光芒，聽著煙火的聲響。在很短的時間內，手中的光芒就逐漸消失，我直到最後一刻都很捨不得地追尋著那道光。——就像我今天為電車車窗外最後的太陽感到惋惜那樣。

即便煙火熄滅，聽不到煙火的聲響，眼底仍留著煙火的殘影。沿著弧線往下垂的煙火，好像秋天的芒草喔。說到這個，今年的我已經看不到芒草了嗎——因為那些同學的關係——讓我再也看不到媽媽、奶奶，再也看不到每年都會有的賞月糯米丸，還有芒草的風景了嗎？這些想法一股腦地湧現，下一個瞬間，情緒就潰堤了。

我再也無法壓抑。

「我——」

我握著還聞得到火藥味的煙火空殼，當場蹲了下來。我動彈不得，眼淚從緊閉的眼睛裡滲出來。

「……我不想死。」

剛才煙火的殘響還在耳邊迴盪。我並沒有想說給任何人聽，只是這些話就突然冒出來了，連我自己都覺得很驚訝。不知道這是悲傷、憤怒還是痛苦，我沒辦法為自己的心情命名。

「嗯。」

聽到這個聲音，我緩緩把手從熱熱的眼皮上移開。她還在原地。我原本就覺得她有可能會像來時一樣，突然消失也不奇怪，所以發現她還在的時候，我頓時覺得安心。

「但是，我很害怕。」

「嗯。」

她再度點頭。

「一定會害怕的。」

「我也很害怕回家。大家說不定已經亂成一團，媽媽他們一定也很擔心。」

「嗯。」

「而且我已經沒有錢了，可是——」

等我回過神來，話已經說出口了。

「妳能陪我嗎？」

對一般朋友說不出口的話，對她卻說出來了。我想像著眼前這個女孩，會像融入早晨陽光那樣消失。但是——

「妳可以陪我到早上嗎？」

電線桿的陰影處，到底有沒有煙火，到底有沒有花束，我自己的記憶變得非常模糊。就連她腳邊到底有沒有清楚的影子，我也覺得不確認也無所謂了。

我原本以為，幽靈會把人導向死亡，是一種很可怕的存在。有這種把人引導向繼續活下去的幽靈嗎？

「嗯。」

她點點頭。手裡拿著煙火，臉上露出微笑。

「可以啊，我可以陪妳。」

✦

我想，那天或許是她的忌日。

那個說「至少不要挑今天」的她。

或許因為是她的忌日，所以才會有花和各種供品。

因為是自己死掉的那天，所以她才會告訴我——那很痛苦喔。她來到太靠近死亡而誤闖陰陽之界的我身邊。

或許她也有什麼悔恨。所以才會現身，勸我放棄。

我這才想起，忘記問她的名字了。

早知道應該要問的。

話說回來，我也沒有告訴她自己的名字。

啾啾——麻雀的叫聲宣告這是個經典的早晨。在啾啾聲之中，混雜著「咪嗚——」的聲響，從遠處傳來。我覺得那個叫聲很像海鷗的聲音，眼皮可以感受到明亮的光。在淚痕已乾的臉頰上，可以感受到太陽的光線。

我還感受到類似於他人氣息的東西。潮濕的鼻子，還有呼呼的喘氣聲。

就像——狗狗在喘氣一樣。

我緩緩睜開眼睛。朝陽彷彿沁入盈滿淚水的眼睛似的，只是稍微睜開眼睛就像被刺傷一樣痛。躺在堅硬水泥地上，全身上下都在痛。我一睜開眼，就看到一隻突然靠近的大型長毛黑狗的臉，讓我不禁叫出聲來。

「哇！」

汪汪——聽到狗叫聲，我連忙撐起身體。和那個幽靈女孩一起放完所有煙火，不知不覺間我就睡著了。眼睛旁邊因為大哭過而留下淚痕，嘴角則有口水的痕跡，我急忙擦拭嘴邊。

起身之後，看起來像是帶狗出來散步的阿姨教訓那隻狗說：「不可以這樣！」狗狗聽到飼主的聲音之後冷靜下來，左右搖晃大大的尾巴。阿姨追上又開始奔跑的狗，一邊回頭對我說：「不好意思嚇到妳了。不過，在這種地方睡覺會感冒喔。」

「啊，對不起。我要回家了，沒事的。」

我在半睡半醒的狀態下，很快地回答。

「是嗎？那就好。」

出於善意和我搭話的阿姨手裡拉著牽繩，像被狗狗拉走似地離開了。她離開之後，早晨的陽光再度照耀我的眼睛。反射陽光的海面離我很近，一閃一閃地發亮。看到這樣的景色，我什麼都說不出來。

實在太美了。

這是我以為再也無法見到的，白天的陽光。跨越夜晚，我再度迎來早晨。然後，我回想起昨晚的事情。

我還活著。但是，昨天那個女孩，是不是就葬身在這片反射無數光影、令人無法睜開眼睛的大海呢？一想到這裡，胸口就有種撕裂般的疼痛。

咦──

把視線從大海移回自己的腳邊時，我倒吸了一口氣。

她在。

——好奇怪。她在……她在這裡耶……我揉了揉眼睛。但是——她沒有消失。

穿著白色無袖洋裝的女孩，仰躺在水泥地上睡覺。沒有融入朝陽之中，而是坦然又懶洋洋地把右手撐在脖子後面，睡相不怎麼好看。

「咦咦咦咦咦咦咦咦咦！」

內心的混亂，直接化為聲音。

咦咦咦，這是怎麼回事？我陷入恐慌，戰戰兢兢地用手指戳了戳她的手臂——碰得到，她真的還在。這個女生，還在這裡。

「好吵喔……完蛋，我竟然睡著了。」

她一邊用懶洋洋的聲音說話，一邊緩緩撐起身體。揉了揉看起來還很睏的眼皮，打了個動畫或漫畫裡才會看到的誇張哈欠，然後望向我——

「早安。」

「呃，這……這是怎麼回事？」

我情緒激動地看著她的臉。映著海面反射陽光的瞳孔，就像美麗的玻璃珠一樣通透。那雙眼睛，確確實實地在這裡。

「妳不是幽靈嗎？」

「我從來沒說過我是幽靈啊！」

「咦咦——可是，一般人都會這樣想吧？妳突然出現在想尋死的我面前，光著腳、衣服單薄，連煙火都……」

水泥地上隨處散落著我們一起放的煙火灰燼，已經變得很短的蠟燭也還在。不過，直到這個時候，我才注意到廣場的邊緣。

昨天因為太暗沒有注意到，但那裡放著一雙黑色的卡通圖案海灘拖鞋。

「呃啊～」睡醒的她再度大大地伸了一個懶腰。

「打赤腳很舒服，我喜歡打赤腳。所以才會把鞋子脫掉。」

「那煙火……」

我望向電線桿旁邊，有供花的角落。結果，綜合煙火整袋都還在。看樣子真的是融入陰影中沒看見而已。

原來，這個女孩說的都是真的。

我呆若木雞，她在我面前把手伸進白色洋裝的口袋，然後拿出手機。看了手機畫面之後，簡短地「呃」一聲，整張臉皺成一團。

「慘了，我媽猛打電話來。好多通未接，我死定了——」

「我媽」這種孩子氣的說法，顛覆我昨天對這個女孩的幻想。那套白色洋裝也一樣，仔細看的話就會發現到處都有污漬，而且還縐縐的，不像幽靈那樣完美又虛幻。該怎麼說呢……整個非常有生活感。臉和手臂都不像昨天在月光下看到的那樣慘白。

她，不是幽靈。

她大大地伸了個懶腰。「啊——我真的會被罵死。」說完之後，便把手機收起來了。察覺我的視線，她轉向我笑了一下。

「笑死我了。妳還真的以為我是幽靈啊？」

「因為……我想說如果是昨天那種日子，或許有可能真的會遇到啊。」

昨天明明已經認同「想死」的心情，今天在燦爛的陽光下卻有點抗拒再度說出口。聽到我含糊的聲音，她收起笑容。「欸……」一臉認真地叫我。彷彿照著一層光的透明瞳孔，小心翼翼地看著我。

「妳為什麼想死？」

她這樣問的時候，我才想起她昨天晚上根本就沒有問這個問題。她完全沒有問原因，只是告訴我「今天先放棄吧、自殺很痛苦喔」，用盡全身的力量拉住我，而且一直陪著我。

是她把我留在這裡。

「……大家都說是我告訴男同學們，社團學姊喜歡的對象。」

我自然而然地開口說了出來。之前我明明就無法對任何人說，就連父母也一樣。

「這是女生都知道的秘密，但是不知道什麼時候，男生也都知道了，所以大家開始找犯人。結果，有人說是我。我……明明沒有告訴任何人。」

我一開始並不明白，為什麼會懷疑我。但是，現在我懂了。應該是因為我是在社團裡面，演奏最差的人。有時候我會慢一拍，跟不上樂譜所以沒有吹出聲音。我之前就被叮囑，有很多曲子都是單簧管負責重要的主旋律，所以我一直努力想跟上大家。不過，我還是拖了大家的後腿，所以學長姊一定都因此討厭並疏遠我。

再後來，應該是——老師特別照顧努力練習的我。社團顧問片桐老師是個年輕又很受歡迎的男老師，他讓擅長演奏的三年級學長們陪我一起練習。

我看起來和老師、男生變得親近，也是被疏遠、被懷疑的原因之一。她明明就吹得很爛，到底憑什麼啊！而且那群男同學裡面，還有學姊喜歡的人耶。

「喔——」

她點點頭。她的回應很輕巧，我有種得到救贖的感覺。對和我不同校的她來說，這只是一件讓她覺得「喔——」的事情，讓我覺得心裡一陣劇痛，但不知道為什麼同時又覺得鬆了一口氣。

「所以，那個學姊因為這樣被喜歡的人甩了嗎？」

「沒有。雖然提早被發現，但是後來有告白，現在好像正在交往。」

「呃，什麼啊！」

她好像真的打從心底震驚似地張大眼睛，臉也皺成一團。因為她說話的方式和表情太過誇張，讓我也嚇了一跳。她繼續說：

「那這樣不就好了？她自己順利和喜歡的人交往，不是應該高喊萬歲嗎？如此一來根本不需要責怪妳，為什麼還會變成這樣？」

「雖然結果順利，但是學姊覺得不能原諒當初我違反約定洩漏秘密。包含我的態度在內，全部都有問題，對大家來說一開始到底為什麼排擠我，已經不重要了。」

「哇……真的是笨到難以置信耶。」

她一臉厭惡地皺著臉。旁觀的第三者如此明確地這樣說，我胸中的鬱悶逐漸消失，心情也變得比較輕鬆了。

「還好妳沒死。」

她這樣說。唰唰——平靜的海浪聲和她的聲音重疊在一起。

「還好妳沒有因為那種人死掉。」

「嗯。」

帶著潮水味道的風吹了過來。雖然感受到風的冰冷，但是現在的我好開心。我現在可以由衷地點頭了。

「還好，我沒死。」

——妳不是說這是妳第一次跑到這麼遠的地方嗎？我想起她說的話。

我來到這裡，獨自一個人也有辦法來到這麼遠的地方。

「欸……」

她突然說話。問我一個問題。

「昨天，妳真的一個人嗎？」

「嗯？」

「我家在那座公寓的四樓。」

她指向隔著馬路、稍遠一點的一棟房子。當我看著其中一扇窗戶的時候，她說：

「昨天我正在想著要怎麼處理煙火的時候，從我們家的陽台往外看——

看到妳和另一個女孩子站在這裡。」

「什麼？」

「她站在妳身邊，很像兩個人在一起看海。正當我心想這是什麼情況的時候，那個女孩子往我這裡看，還對我招了招手。」

我睜大雙眼。嚇了一跳之後，下一個瞬間我反射性地望向供著花的角落。罐裝奶茶、布娃娃。以前有個女孩在這裡送命。

「雖然我不認識她，不過總覺得她在叫我，所以我才會過來。剛好我也在煩惱要怎麼處理煙火。結果，我只看到妳，所以我才會問：妳一個人嗎？」

我不禁打直背脊。並不是覺得恐怖或厭惡，而是自然而然覺得應該要端正自己的姿勢。

「在那之後就順勢而為囉。」

大海真的很燦爛，讓人眼睛都睜不開。她瞇著眼睛繼續說：

「離家出走、自殺都是我瞎猜的，總覺得——應該是這樣，所以我就開口問了。我心想，既然都讓我碰上了，至少今天絕對不能讓妳死在我面前。」

我的視線像是被吸住一樣，仍然盯著供花的角落。

波斯菊和滿天星的花束，獨角獸的布娃娃、奶茶、煙火。

「她是什麼樣的女孩子呢？」

回過神來，才發現我已經問出口了。我們兩個人都自然而然地轉向花束前方，並肩盯著那個角落。

「她為什麼會死呢？」

「聽說是意外。」

我們一起雙手合掌，我心裡有種心痛的感覺。

意外就表示她不是自我了結。她一定很想活下去，所以才會現身阻止我吧？

那天或許是她的忌日——剛才冒出的想法，說不定是對的。大量的供品一直放到今天，那個有人追悼的女孩，是不是覺得不能不管昨天的我呢？我一直都覺得，根本就沒有人關心我、在意我。

我雙手合掌閉起眼睛，自然而然地開口，低聲地說：「謝謝妳。」我放低音量怕被身邊的女孩聽見，但又覺得被聽到也無所謂了。

昨天——在毫無退路的我身上發生的，到底是怎麼一回事呢？

「一定會沒事的。」

她突然這樣說。我仍閉著眼睛，還沒回答的時候她就接著說：

「離家出走可能會被罵，家裡可能亂成一團，大家也會擔心妳，但是只要妳活著回家，一切都會迎刃而解。一定會沒事的。」

「……嗯。」

「欸，妳餓了吧？要不要去麥當勞？」

聽到她說的話，我盯著她看，發現她已經抬起頭了。而且看著我，非常開朗地說：

「反正我現在回去也會被罵，就去麥當勞吃早餐吧！」

「這附近有麥當勞？」

昨天沿著荒涼的馬路走來，我對這裡的印象就是什麼都沒有的臨海小鎮。我這樣一說，她馬上笑出來。

「有啦！妳是瞧不起這裡嗎？妳走到那邊的馬路，就會發現這裡算是市區耶。走吧！」

她拉著我的手臂。她的手的確有觸感、有溫度。這個觸感讓我想大叫，有種想要仰望天空的感覺。

她不是幽靈真的太好了。

接著，我想起一件事。自己昨天拜託她說：「妳能陪我嗎？」現在覺得好丟臉，那句話一直迴盪在耳邊。

「告訴我妳的名字吧。我叫和香。」

她這樣說。然後看著我伸出手。我握著她的手回答：

「我叫海未。」

話說回來，我好像沒見過夜晚的大海。

幸好那個時候浮現這種想法，然後還下了車。

「咦──妳的名字好可愛。」

「和香這個名字也很可愛啊。」

我們一邊聊一邊走。途中，我回頭看了一眼剛才的廣場，在海面反射陽光照耀下的廣場前，感覺好像……有個靜靜微笑的女孩，但瞬間就消失了。

♪YOASOBI
〈海のまにまに〉

MIYUKI
MIYABE

第一次成為嫌犯時該讀的故事

不同顏色的撲克牌

宮部美幸

HAJIMETENO

那天，安永宗一非常忙碌。在JR的舊御茶水站附近的挖掘現場，發生重型機械操作失誤引起的車輛翻覆意外，宗一一直忙著收拾善後。直到傍晚五點之後，才有時間確認丟在指揮車上的私人手機。

看到大概有二十幾通未接來電，讓他嚇了一跳。全部都是瞳子打來的，而且從中午過後就斷斷續續打了好幾通。宗一的妻子是很能幹的人，如果不是發生非比尋常的事情，絕對不會主動聯絡正在工作中的丈夫。

宗一雖然急忙回電，但這次換瞳子沒接電話。

「抱歉，我現在才看到手機。我們保持聯絡吧。」

留下簡短的訊息之後，宗一搭上一輛正要離開現場的接駁車。載滿挖掘作業員、操作員、精密清潔員、修復師等工作人員的巴士上，充滿工作一整天筋疲力盡的員工汗臭味。宗一有種連雙眼深處都痛的感覺，所以用手指頭揉了揉眉心。

夏季薄外套胸口的口袋裡，手機傳來震動，是瞳子打來的。幸運的是，巴士已經快到下一個停靠站。宗一一邊接電話，一邊按下車鈴。

下車的只有他一個人，但是巴士站排著長長的等車隊伍。隊伍裡只有一張又一張疲憊不堪的厭世臉。

「我下車了，可以講電話沒關係。怎麼了？」

宗一一邊離開人群一邊問。

「是夏穗的事情。」

妻子回應的聲音莫名地小聲。明明周遭很安靜也沒有雜音，到底是怎麼回事？

「我聽不太清楚，妳在哪裡？」

「……抱歉。這樣有好一點嗎？」

這下聽得比較清楚了。

「我在鏡界人定管理局。地點是青山三丁目的大樓，中央棟。夏穗就讀的高中由這裡管轄。」

聽到這裡，宗一才終於發現，妻子的聲音變小是因為她很害怕。

「發生什麼事了？」

問完之後，宗一在等待回答的一小段時間裡，腦內浮現獨生女的臉，她現在十七歲又七個月。這兩年女兒在家裡幾乎不曾露出笑容。不是在生氣，就是沉默不語。對從事挖掘現場監督官這種微不足道工作的父親，和只會「依賴」父親生活的母親，經常擺出輕蔑的態度。

——你們總是一臉悠悠哉哉。

——爸爸和媽媽真的知道現在是多麼艱辛的時代嗎？

——真的是毫無危機感欸。

女兒經常展現年輕又健康的毒舌和小獠牙。

她正值多愁善感的年齡，只是因為青春期而情緒不穩定，做父母的更不能被影響，必須溫柔地守護女兒。宗一和瞳子都抱著這種想法努力和女兒相處。

然而，父母也是人，有時候也會因為徒勞無功而感到沮喪。即便如此，瞳子還是努力想要理解女兒，但是宗一已經身心俱疲，最近都盡量錯開和夏穗的生活時間。父女之間不要說聊天了，就連見面的機會都很少。以前那個每天晚上都纏著爸爸讀繪本、因為爸爸外行的紙牌魔術而眼睛發亮的小女孩，現在已經完全不見蹤影了。

「……她被……」

「什麼？」

「那孩子被拘留在這裡。」

瞳子喃喃自語似地這樣說。

「前天晚上，第二鏡界的國會議事堂發生爆炸恐攻，犯罪集團和那裡的夏穗好像有關聯。」

說到這個，今天早上在現場好像有聽到有人提到恐攻的事情。不對，還是昨天早上呢？因為是那個世界的新聞，所以宗一沒有仔細聽。

「那的確很慘，不過這和我們家的夏穗沒有關係啊。」

「嗯。但是，這裡的人認為那裡的夏穗有可能會逃來這裡。」

據說在犯罪集團的老巢裡，還留有協定外渡界需要的裝備、偽造的文件以及個人資料等。

「如果真的逃來這裡，那又怎麼樣。」

「她有可能會裝成這個世界的夏穗。」

因此，人定管理局才會先拘留這個世界的夏穗，只要第二鏡界的夏穗現身，就可以立刻抓人。

「對方說他們是在保護這個世界的夏穗，但我覺得這是拘留。」

瞳子的聲音沙啞。宗一用手按住額頭，眼底的痛感一直沒有好。

那件事發生在和今年一樣濕熱的夏季。一場出乎意料的災難，讓整個世界大變。有一些變化大到脫離一般人的日常，也有些不穩定的變化很細微，但仍影響到人們的日常生活。

雖然是全球規模的變化，但世界各國受到的影響不同。有些國家甚至動搖到根基，但也有些國家完全沒有受到影響。與其說是災難帶來的災害嚴重程度造成的差異，不如說是國家原本的政治體制不同而產生的差距。

七年前的八月十日下午一點四十分，位於北極海孤島的全世界最大型量子加速器「朗布倫」，發生原因不明的爆炸意外，總共約三十名在內部工作的倒楣技術者和研究員被捲入爆炸，整個消失在地面上。這是最初的災難。

當時的宗一和瞳子結婚第十二年，住在東京都下的閑靜城鎮。宗一在當地的建築公司工作，和小學四年級的夏穗一家三口住在向公司租的公寓。放暑假的時候，夏穗會去學校的室外游泳池游泳，除了眼睛和牙齒以外都曬得很黑，是個充滿活力的孩子。

「朗布倫」第一次爆炸的時間是下午一點四十分三十二秒，四分鐘之後發生第二次爆炸，之後爆炸式的破壞現象連續十七次，在兩個小時又八分鐘後的下午三點四十九分才終於平息。

那天，宗一提早休盂蘭盆節假期所以在家。剛開始只是感覺到微微的左右搖晃，雖然有想到「是地震」，但沒有說出口。然而，站在廚房的瞳子簡短地說了句「地在搖」，就把瓦斯爐的火關掉了。

夏穗那天剛從游泳教室回來，躺在客廳的沙發上午睡。夏穗一頭短髮，用豪邁的睡相睡覺，右眼尾旁邊貼著能加速傷口復元的ＯＫ繃。

瞳子很快就走出廚房中島靠近夏穗。宗一也來到妻子和女兒身邊，自然而然地呈現保護妻女的姿勢。

就在這個時候，建築物劇烈搖晃。宗一瞬間想起，剛入夏的時候，一家人到位於近郊的遊樂園玩，還搭上縣內歷史最悠久的雲霄飛車。瞳子說「咬到舌頭了啦」，夏穗則笑著說「尾椎骨好痛」。她才剛學會「尾椎骨」這個詞，所以一直想用，真的很有趣。

宗一全身繃緊。接下來可能出現劇烈搖晃——

然而，搖晃就到此為止。吊在客廳窗邊的熱帶魚掛飾，原本像被小孩拿在手上轉一樣搖晃，但現在已經漸漸恢復平靜。

叮——

出現微微的耳鳴。宗一看著妻子的表情。妻子看著宗一的眼睛，單手扶著耳朵搖搖頭。這到底是什麼聲音？

夫婦中間隔著剛從午覺睡醒的夏穗，露出不像十歲小孩的臭臉說：

「好奇怪的聲音。」

在那之後，一秒都沒有停止的耳鳴已經變成經典的鏡界性症狀，現在已經不太有人會為此感到困擾了。因為這個世界的每個人，都必須習慣比耳鳴更重大的變化。

那不是一場單純的地震。打從根基劇烈搖晃的是我們對現實的認知。

在「朗布倫」爆炸意外之下產生次元龜裂，龜裂的對面是這裡的平行世界。

因為是一個就像映在鏡子上一樣相似的兩個世界，所以雙方互相承認彼此為「鏡界」。和存在的先後順序無關，為方便區分，將創造裂縫的宗一的世界稱為「第一鏡界」，平行世界則稱為「第二鏡界」。

在那之後，每個人都有一個自己的分身。從第一鏡界的角度來看，第二鏡界有一個自己的分身。從第二鏡界的角度來看，第一鏡界也有一個自己的分身。根據各自的人生選擇，會活出不同的人生，其中一個世界的自己已經死亡的案例也不少。即便如此，有這樣的分身「存在」是不容置疑的事實。

不過，兩者面對面的機會非常小。因為崩塌的「朗布倫」舊址已經成為由國際科學聯盟管轄的禁入地區，一般市民根本無法靠近。能從這個地點往返兩個世界的位置，限定在雙方科學聯盟締結條約的範圍內，而且只允許獲得許可的稀少國際團體進入——

不過，這只是檯面上的規定。

在次元裂縫的兩側都存在對兩個相似世界蘊藏的市場與資源產生貪念

的資本家、好奇心旺盛的記者或冒險家、無論在什麼社會狀況下都願意買賣必需物資與知識的黑市從業人員，其結果導致「朗布倫」舊址出現十幾處名為「次元洞」的協定外渡界，而且現在已經成為公開的秘密。

雙方世界的各國政府和國際團體都知道這個秘密，所以才會成立「人定管理局」這種組織來控管。這是一個判定某個人物來自第一或第二鏡界的機關。

據宗一所知，這邊的一般市民如果要透過這裡秘密前往第二鏡界，就必須背負相當程度的經濟與社會風險，所以這並不是憑一己之力就能輕鬆完成的事情。然而，夏穗竟然碰上如此罕見的意外。瞳子會害怕也是理所當然的事情。

「我馬上過去。妳應該很害怕，再稍微忍耐一下，我很快就到了。」

結束通話的手機畫面和宗一的額頭上，落下不冷不熱的雨滴。

鏡界人定管理局中央棟不是包含在瞳子剛才說的青山三丁目大樓內，而是整座大樓都叫做中央棟。也就是說，中央棟是第二鏡界的地盤。建築物內擁有像大使館那樣的治外法權，不受這個世界的任何影響。

從大樓正面出入口玻璃自動門裡站著的數名警衛兵，就能明確看得出來這一點。這些人不是警衛，而是軍人。他們身上穿戴暗褐色的迷彩頭盔與迷彩服，帥氣的護目鏡遮住半張臉。

而且，身上還有配槍。雖然配槍是經常出現在動畫電影裡的ＡＫ４７那種造型的自動步槍，但槍身很短。因為那是不需要填充實彈、在這裡禁用的能量槍。

宗一呼出一口氣，朝正面出入口走去。在哨兵的頭盔前方、迷彩服的胸口處（剛好在心臟上方）、槍帶上等顯眼處，都有反白的「THE MIRROR」字樣。看起來像是對這裡用「第一」、那裡用「第二」的稱呼表示不滿似的，第二鏡界的統合外交聯盟在處理這個世界相關事務的所有機構都使用這種標示——沒有前後順序的「THE MIRROR」。

不過，並不是所有存在於第二鏡界的國家，都一樣愛逞威風。美國（除了阿拉斯加州獨立成為國家之後，把半個墨西哥劃為隸屬州的區域之外）和第一鏡界的美國擁有幾乎相同的歷史，俄羅斯則是延續舊蘇聯成為多民族經濟大國。在第二鏡界，中東也不是國際紛爭的火藥庫，而是擁有獨特文化和宗教信仰的聯邦國家。

唯一例外的國家只有日本。第二鏡界的日本是典型的極權主義國家，超過八十年以上都由同一個軍事政權掌控國民。正因如此反政府武裝組織的活動興盛，才會在國會議事堂發生爆炸恐攻。

經過武裝警備兵身邊的時候，宗一低頭打招呼。表現出我是有事才來這裡的，只是一般市民，不是什麼危險人物。然而，對方還是刻意轉過身子看著宗一的臉。警備兵的眼睛藏在護目鏡的深處。宗一背上冒出冷汗，心想難道有什麼問題嗎？

不過，警備兵稍微動了一下肩膀，便往旁邊退了一步，刻意讓路給宗一。宗一快步前進，好一陣子心悸的感覺都沒有消失。

自動門內的大廳混雜著各式各樣的人。有穿著套裝的男女，也有穿著牛仔褲、褪色T恤、踩著夾腳拖的年輕人。拄著枴杖的老人家、牽著幼兒的年輕媽媽、身穿白色上衣搭配格子百褶裙制服並打著緞帶領結的一群女學生，大家都像害怕的小動物一樣僵硬，每個人都一臉哭相，眼眶泛紅。

竟然有這麼多人的父母、子女、夫妻、朋友或者是老師，被囚禁在這個人定管理局裡嗎？夏穗也是其中一個嗎？宗一不禁雙腿發軟。

「來這裡有什麼事嗎？」

耳後傳來這樣的聲音，一回頭就看到漆黑的護目鏡就在眼前。這不是剛才的警備兵。和身材中等的宗一相比，眼前這位無論身高還是身材都更健壯。他一定有確實剃乾淨濃密的鬍鬚吧。因為他的鼻子下方、嘴邊、下顎呈現淡淡的藍色，是藍鬍子。

「我、我接到聯絡過來的。」

一開口說話，臉上就冒汗。

「聽說我女兒在這裡……」

「請到二號櫃檯排隊。」

藍鬍子說完，單手放開能量槍，用鬆開的手在空中揮了揮。用堅固扣帶固定的手套乍看之下是皮製的，但其實不然。那是無論接觸什麼化學物，即便在絕對零度也不會受損，碰到熔岩般的熱度也不會溶解的特殊纖維。以現狀來說，這種材料只存在於第二鏡界，這裡的國際通商聯盟花了好幾年的時間積極交涉，但目前還是禁止運輸，沒有人知道原料到底是什麼，也不清楚製造過程。

這裡在被接收前也是一般辦公大樓，原本應該有接待櫃檯、大廳用的桌椅，還有觀葉植物和花藝等裝飾吧。現在，那一類的備品和裝飾品都被撤除，赤裸的四角型空間的一隅，設置了一到三號櫃檯，只用廉價的樹脂板隔開。

三名坐在櫃檯內的負責人全部都是女性，像花式滑冰選手那樣梳起整齊的包頭，身穿卡其色的制服。應對毫無靈魂地快速，沒有笑容也沒有親切感。

一號到三號櫃檯分別立著「人定」、「會面」、「交付沒收品」的牌子。因此，認為女兒被監禁在這裡的宗一應該要去二號櫃檯。雖然已經理解，但是現場這種擁擠和混亂的狀況是怎麼回事呢？

需要排隊等待的人沒有椅子可以坐，也沒有能夠讓大家排好隊伍的界線。沒有號碼牌，也沒有在人群中巡邏、讓人問問題的負責人。宗一發現自己所處的地方就像以前只在新聞裡面看到過的他國光景——和那些想要從政情不穩的國家逃離，聚集在機場或國境的弱勢難民太像了，讓他瞬間覺得義憤填膺。內心的怒火馬上就消失，只剩下煙霧般的不安與焦躁還留在鼻尖。

如果有人試圖插隊，宗一會委婉地勸退；遇到手足無措上前問問題的人，只能回答「很遺憾，我也不清楚，只能在這裡排隊等待」；看到累到蹲在地上的人，也只能狠下心來當作沒看到。等了一個半小時後，宗一終於聽到二號櫃檯負責人的聲音。

「來這裡有什麼事嗎？」

靠近之後才發現，負責人的年紀不像花式滑冰選手，反而比較像資深教練，聲音非常地沙啞。

「今天下午，我女兒好像被帶來這裡了。她是十七歲的高中生，叫做安永夏穗。」

雖然鏡界不同，但國家和民族都一樣，所以語言也相通。因為「像映在鏡子上一樣相似的兩個世界」，所以才取名為「鏡界」。腦袋裡雖然知道這一點，但宗一還是像跟外國人說話的時候一樣，每個音節都說得很清楚——安、永、夏、穗。

「穿過裡面的閘門，然後到三樓的等候室。記得帶上這個。」

終於，對方拿出像號碼牌的東西。編號是127號。

「抱歉，我太太應該已經先到了……」

「那就以先到的號碼優先。下一位——」

負責人指示的「裡面的閘門」，設在這棟大樓的電梯大廳前，指的是安全檢查用的柵欄。在宗一的眼裡，這就是個關家畜的柵欄。從大廳這一側進去，穿過柵欄組成的簡易迷宮之後，就會從電梯大廳那一側出去。宗一就像即將被剃毛的綿羊或是即將出貨的豬隻一樣乖巧。

簡單來說，這就和機場的安全檢查一樣，但是有武裝警備兵在旁看守，而且能量槍的槍口就對著柵欄裡宗一等人的胸口，這種感覺和過一般的安檢完全不同。當人群僵硬地往前走時，電梯大廳前像是桌上型電腦的機器就會顯示影像或數值，穿著白衣的技術人員死死盯著畫面。掃描宗一等人的機械眼，不知道是安裝在天花板還是地下。正常走路看不到那些機械眼，但是現場也沒有人有勇氣停下腳步尋找。

軍事政權萬歲！宗一在內心不斷諷刺，但外表只是抿著嘴，逕直搭乘電梯前往三樓。為了不讓臉上露出任何不滿的情緒，他努力保持像是在散步那樣稍微開朗一點的撲克臉。

——你們總是一臉悠悠哉哉。

為了讓人生盡量過得平穩，有時候需要這種表情。夏穗還無法理解這一點。這次的事情會不會成為讓她脫離反抗期的契機呢？次元對面的另一個日本是武力統治的極權主義國家，夏穗現在是不是因為那個國家的無情和煙硝味而感到害怕呢？

打開門之後，裡面透出些許冷空氣。這裡似乎有空調。大廳正面有個照明敞亮的房間，裡面有接待櫃檯，樓面上排列著樹脂製的公用長椅。長椅上都沒有人，所以一眼就能看清楚排列的樣子，最前面一排的長椅上還掛著廁所的指示牌。

「老公。」

瞳子原本在房間的出入口旁等著，一看到宗一就馬上跑過來。她身穿夏季風格的直條紋襯衫和卡其褲，腳上是皮製涼鞋。

「現在還不能會面。」

她一開口，從太陽穴流下的汗水，就與左眼眼尾的眼淚匯聚在一起。

宗一握起妻子的手。帶著濕氣的溫暖的手，瞳子的手一直都很溫暖。在嚴冬的時候，甚至可以當成暖爐。

——心冷的人，手會特別溫暖喔。因為我是個冷血的人，所以手才會這麼溫暖。瞳子只會對相處二十年的宗一開這種玩笑。她是個無論碰到什麼情況，基本上都會選擇沉默，不顯眼又內向的女性。不過，她的心其實和手一樣溫暖。宗一比任何人都清楚這一點。

「抱歉，我來晚了。」宗一摟著妻子的肩膀低聲這樣說。「因為人很多才會這樣對吧。你看，櫃檯前面有顯示號碼。」

令人驚訝的是，叫號的方式是手動翻號碼，現在顯示45號。

「現在還在手動翻牌，第二鏡界的日本，幾乎就是停留在昭和時代吧？」

宗一刻意說笑，但瞳子的臉頰還是繃得很緊。

「從41號到45號就花了兩個小時。」

她手裡拿著的號碼牌是68號。比127號提前很多了。

「總之我們先坐著等吧。要不要我去買點喝的？」

雖然這樣說，但是宗一發現這裡不要說是飲料的自動販賣機了，就連飲水機都沒有。這裡的人都必須長時間等待，但唯一照顧生理需求的設備似乎只有廁所。軍事政權萬歲！

「我沒關係。老公，你很累了吧。臉色很差，眼睛也很紅喔。」

「今天早上御茶水那裡發生意外，我一直在收拾善後，所以可能是粉塵跑進眼睛裡了。」

「朗布倫」因為大爆炸從地表消失二十五個小時之後，大約花了七十九個小時，再度回到這個世界——第一鏡界。量子加速器本體、建築物、待在朗布倫內部的人體、他們身上穿的衣服，就連休息室裡的咖啡機都變成超細的白色粉塵，如字面所示落在地表上。雖然根據當時的天氣和地理條件有濃淡的差別，但幾乎所有北半球的國家和地區都觀測到這個現象。

大家都把這個現象稱為「朗布倫之雪」。實際上，這些純白的粉塵就像雪一樣冰冷。無論是有機物還是無機物，只要觸碰到像是局部豪雨一樣短時間大量落下的白色粉塵，都會變成半透明的結晶狀礦物。

在第一鏡界的日本國內，就有四十九處蒙受這種粉塵災害。東京都內有十六處，像是茅場町的舊東京證券交易所、JR舊御茶水車站周邊，北之頭公園一帶、八王子市郊外、秩父連山東南區等降塵的規模很大，造成的災害也更嚴重。消失或者由於部分消失而造成損壞的建築物總面積，已經比過去侵襲東日本的地震和海嘯災害更大了。對人造成的傷害也一樣，「消失」這種奇特的現象已經成為全民公敵，七年之後的現在仍無法確認真正的死傷人數。

宗一原本工作的建築公司沒能搭上突然出現的「鏡界時代」風潮，在爆炸事故一年後開始裁員，而宗一也在這個時候轉到專門救助降塵受災地與修復挖掘物的半公營團體任職。受災地最應該優先挖掘的就是遺體，其次是遺物。雖然是挖掘變成像霧面玻璃一樣礦物化的東西，但仍然是一份很敏感的工作。像宗一這樣擁有土木建築相關經驗的人很少會來應徵這種工作，所以公司一收到履歷就當場決定雇用了。

自從轉職之後，宗一一直都很努力工作。雖然按照需求去過很多個現場，但是目前正在處理的舊御茶水車站周邊的挖掘工作時間最長。花了七年的時間完成挖掘和修復遺體的工作（因為礦物化的遺體大多都有破損或損壞的情形），現在主要都是在挖機械類的東西。這些機械日後會成為分析受害情況、找到逆轉礦物化過程的研究材料，所以必須小心處理。

「朗布倫之雪」只下了七十九個小時，後來再也沒有發生過第二次。

然而，挖掘現場還是會揚起大量的細微粉塵。粉塵對人體有害，所以挖掘作業員必須穿著重裝備工作。不過，那些整頓現場以便作業員進出，必要時甚至要先破壞非挖掘物，然後用重機械搬走的相關工作者，公司不會配給完整的重裝備。因此，宗一也不會在意眼睛出點血或者是手背、手指有點凍傷。

即便如此，妻子對自己的體貼還是讓宗一很開心。兩人並肩坐在堅硬的長椅上，看著宛如昭和時代產物的號碼牌翻動，緊緊握著彼此的手。

宗一和瞳子都很喜歡小孩，所以以前就曾經說過，結婚之後要生三個孩子。可以的話，最好生兩個男孩，一個女孩。

很遺憾，這個夢想沒有實現，夏穗是獨生女，對夫妻兩人來說就是一顆掌上明珠。

夏穗是個健康活潑的孩子。沒有生過大病，從嬰幼兒時期就比男孩子更活潑、更大膽，所以身上永遠都有新傷口。說到這個，「朗布倫」爆炸意外當天，夏穗右眼的眼角旁貼著ＯＫ綳，就是因為幾天前在游泳教室和霸凌同學的孩子槓上。對方是同年級體型高大的男學生，經常帶著兩個手下專門欺負乖巧的女同學和膽小的男同學。

夏穗的好朋友在泳池邊被這群小流氓纏上，泳衣差點被脫掉，所以夏穗便大聲喝止。結果霸凌同學的孩子，就甩動泳鏡砸向夏穗的臉。泳鏡的帶子上有尖銳處，所以夏穗柔軟的眼尾皮膚因此被劃開。

夏穗握緊拳頭，回揍那個霸凌朋友的孩子。她這一拳用盡全力，那個孩子往後倒，就這樣昏過去。他的手下嚇得都要尿褲子了。乾燥的水泥地上，散落著夏穗眼尾傷口滴落的血跡。

瞳子接到班導的聯絡，馬上趕到學校。霸凌同學的孩子恢復意識，在保健室裡啜泣。保健室的護理老師幫夏穗貼上象徵戰士的ＯＫ綳，夏穗顯得意氣軒昂。那個孩子的父母知道自己的小孩會霸凌同學，早就很會應付這種事，所以事後處理原本會很麻煩，但霸凌者本人一開始就打算用泳鏡攻擊夏穗的眼睛，還激動地說「沒把那傢伙的眼睛弄瞎真可惜」，使得情況變得對夏穗有利。

夏穗眼尾上那個傷口雖小，但留下疤痕，讓霸凌者完全失去威嚴。如果只是在泳池邊昏倒也就罷了，當場尿褲子讓他顏面盡失。宗一心想，那傢伙還真是活該。瞳子則是像往常一樣，靜靜地保持微笑。夏穗因為在同學面前宣告「無論發生幾次，我都會做一樣的事」，所以被老師留下來寫反省文。

夏穗天生就是一個剛強、勇敢的孩子。她很聰明，知道單憑好勝心對抗自己最討厭的霸凌和不公不義非常危險，所以一上國中就加入運動社團鍛鍊身體。在學校的成績只是中間偏上，不過交了很多朋友，也很受老師們信任，國中的學校生活似乎過得還算愉快。

考高中的時候，她想要報考「以自己的成績也能快樂過日子的高中」，最後如願合格。那間學校有資訊工程的基礎課程，輕音樂社團也很有名。因此夏穗開始學習打小鼓、編寫程式，加入有學生折扣的健身房鍛鍊肌肉。

個性活潑、腦筋轉得快，好勝心強又很有行動力。宗一和瞳子經常感嘆，到底遺傳到自己哪個部分，才會生出這麼直性子的女兒，也曾經數度因為夏穗而目瞪口呆或者苦笑。夫妻兩人在去向夏穗教訓過的孩子（絕對不能原諒那種人）和對方的父母道歉之後，有時也會暗暗覺得痛快。因為兩人都覺得，夏穗雖然做得有點過頭，但是並沒有錯。

就各種層面上來說，宗一沒有那麼強悍，瞳子也沒有那麼聰明。夏穗就像從蜻蜓生出奇蹟般的老鷹一樣。

即便如此，兩人仍然是夏穗的父母。無論何時都愛著女兒，也為她感到驕傲，這種心情毫不虛假。

然而，在升上國二之後，遲來的叛逆期降臨，果斷又堅強的女兒開始討厭自己的父母，不只是嘴上說「我最討厭你們」而已。

——爸爸和媽媽知道這種想法叫做什麼嗎？你們的想法就是所謂的懦夫消極主義。

——為什麼要因為我去道歉？為什麼不會和我一樣生氣呢？

夾雜輕蔑與幻滅的語言，對雙方而言都是不幸的開始。

當號碼叫到60號的時候，房間後的防火門開啟，出現一名穿著西裝的中年男子，喊了宗一和瞳子的名字。

「久等了。兩位是安永夏穗小姐的父母對吧。接下來可以和令千金會面。不過，如您所知，每天能夠穿越鏡界的人數有限，所以只能讓一個人過去。」

按照國際條約訂定的規則，二十四小時內能夠往來第一鏡界與第二鏡界的人數有限制。

「人數有限……」

一方面是因為疲勞，瞳子的腦袋似乎還沒辦法運轉。應該驚訝的，不是人數有限。

宗一詢問身穿西裝的男子：「您說接下來可以和我女兒會面，意思是不用去到北極圈，也能從這裡前往第二鏡界嗎？」

這就表示在人定管理局的大樓內，有次元洞或者是具有相同功能的「通道」。截至目前為止，這件事並沒有公諸於眾。應該是因為這裡擁有治外法權的關係吧。

穿著西裝的男子沒有回答宗一的問題。只是稍微睜大眼睛，一直盯著宗一和瞳子看而已。那不重要，重要的是兩位想怎麼做？要和令千金會面嗎？不見女兒也無所謂嗎？

「老公……」瞳子很疑惑。「北極圈？要去到那麼遠嗎？」

「不，不需要。」

宗一溫柔地解釋：「不過，夏穗現在在第二鏡界。」

應該是抓到人之後就馬上被移送過去了吧。因為要在第二鏡界的夏穗跑來這裡之前，把這裡的夏穗拘留在那裡才行。

「所以，我們要去第二鏡界才能見到夏穗。只是因為有人數限制，不能兩個人都去。雖然很遺憾，但這是規定。」

宗一順從的言行，那西裝胸前掛著人定涉外負責人ＩＤ的中年男子緩緩抬起眉毛。表情像是聽到什麼過分的笑話。

咦，這個眼神是什麼意思？宗一並沒有說什麼有趣的話。

「夏穗還不能回家嗎？」

「這要問第二鏡界的負責官員。」

「那邊會準備食物和飲料嗎？我們可以帶東西過去嗎？」

負責人只是冷冷地瞥了一眼連聲音都顫抖的瞳子說：「這一點也請和那邊的人商量，這些我都沒辦法回答。」

「我知道了。瞳子，我去吧。」

宗一看著妻子的眼睛，安撫似地點點頭。平常如果發生什麼讓瞳子擔心的事情或問題時，只要這樣做就可以了。只要這樣做，瞳子就會說：好，那就拜託你了。然而，今天的瞳子和平時判若兩人。

「我要去。」

瞳子咬著牙站穩腳步，試圖把宗一往後推。

「我去，因為我是那孩子的媽媽啊。」

那位中年涉外負責人的眼神變得更加冰冷，一副我沒興趣了解你們家的事，也沒時間瞎耗，而且沒必要隱藏這些想法的樣子。

「穿越境界有相應的風險，還是我去吧。」

宗一加快語速對負責人這樣說。

「就決定由我去。」

「安永宗一先生，請往這裡走。」

負責人已經轉過身去。宗一兩手按著妻子的肩膀把她往回推，然後露出笑容。「我會順利和夏穗見面的。為了讓夏穗一起回來，說不定我也要在那邊等，所以妳就先在家裡——」

「我不回家，我要在這裡等。」

瞳子打斷宗一的話。然後用力抓住宗一的手臂。

「一定要兩個人一起回來。把那孩子帶回來，答應我。」

隔著外套薄薄的布料，感覺到妻子的手指幾乎要陷進手臂裡，宗一非常驚訝。雖然知道瞳子的擔心與混亂，但是如此激動，實在很不像她。

——有什麼原因嗎？

話到嘴邊，宗一硬是吞了回去。瞳子一定有她反常的原因。

宗一最後一次好好看著夏穗對話，到底是多久以前的事呢？三個月嗎？不，比三個月更久。父女差不多有半年都沒說過話了。

宗一刻意迴避女兒，夏穗也一直刻意躲著爸爸。宗一透過減少和女兒的交集保護自己，同時也避免瞳子夾在中間難做人。在這種狀況下，由爸爸去會面，女兒會開心嗎？她會覺得安心嗎？瞳子應該是在擔心這一點。

「我一定會帶她回來。」

宗一把手搭在妻子的手上，然後緩緩鬆開說：

「夏穗是我的女兒，是比我的命還要重要的孩子。」

宗一在一開始抵達的房間裡接受攜帶物品的檢查，然後有一台像是X

光的機器拍攝眼球（就像在做視網膜眼底檢測那樣），最後再穿過應該是金屬探測器的拱門。在拱門處和涉外負責人分開，宗一獨自朝氣密門的前方前進。

耳邊傳來壓縮空氣釋放的聲音，氣密門上下敞開，前方是一個充滿純白螢光的正方形小房間。另一側的牆上也有氣密門。除此之外，房間裡沒有任何備品或機器，正方形小房間的天花板、牆壁、地板都很光滑，隨處都閃耀著成為光源的白光。

前方的氣密門在宗一靠近的時候自然地敞開，發出咻的一聲。穿過去之後，門就在背後關閉。這裡又是一間相同的白色小房間，這種房間綿延不絕。宗一剛開始還一間一間地數，數到超過二十間的時候覺得很恐怖，便不再數了。要是自己渡界失敗，會不會就一直在次元的狹小通道上到處徘徊呢？

應該要出聲呼喊哪個負責人嗎？對著牆壁喊嗎？還是要對著天花板喊？因為逕直照進眼底的純白色螢光，讓宗一越來越分不清上下——

咻——

突然出現一個和剛才檢查攜帶物品一模一樣的房間。

「您是安永宗一先生嗎？」

迎面走來的是一名穿著像是警察制服的青年。他手裡拿著ＩＤ卡片。

「請把這個別在胸口。安永夏穗小姐就在前面。」

已經穿越境界了嗎？宗一瞬間有點頭暈。

「請問，這裡是——」

「我不能告知您地點，不過這裡叫做公安局大樓。」

公安局？不是人定局嗎？

「這、這裡是第二鏡界沒錯吧？」

「在第一鏡界的日本，不是沒有國家公安保全局這種組織嗎？您沒有不舒服吧？那我們走吧。」

穿著制服的警官留著短髮，後頸剃得很乾淨。他走在前面，離開房間之後腳步堅定地在錯綜複雜的通道上前進。比起中央棟的涉外負責人，這名青年親切多了。

「我女兒應該是被人定局帶走的，為什麼會在公安局呢？」

途中有時會和人擦身而過。每個人都穿著像是警察的制服，有年輕人也有年長者，他們都會和引導宗一的制服警官迅速互相敬禮。

走廊很長，天花板很高，房間的數量多到令人目瞪口呆。公安局應該是個大規模的組織吧。

「這是為了核對令千金是否真的是第一鏡界的安永夏穗，要請她在這裡接受指認嫌犯的人定測試。」

制服警官爽快地回答，然後腳步輕巧地開始爬樓梯。跟在後面的宗一馬上就開始喘了。

「指、指認嫌犯？」

「我們已經抓到幾名疑似參與這次爆炸恐攻的反政府組織成員。所以讓這些人和夏穗小姐見面，確認她的反應。」

宗一的腳步變得凌亂，制服警官瞥了一眼之後回過頭，爽朗地笑了。

「我們只是在她身上裝了測謊儀而已。反正記憶是否改變只要透過掃描腦波就能輕鬆檢測出來，您不用擔心，令千金完全不認識反政府組織裡的任何一個人。也就是說，她的確是第一鏡界的夏穗小姐。」

階梯終於走完，眼前再度出現平坦的走廊。雖然這樣看起來不夠嚴肅緊張，但宗一擦了擦額頭上的汗，突然笑了出來。掃描腦波？即便有這種不可思議的技術，最後還是要靠指認面孔（這傢伙是你的同夥嗎？看仔細了！）。這裡的軍事政權，繞了一大圈，最後還是回到最傳統的做法啊。

「辛苦了，您一定覺得很遠吧。我們這棟建築物的缺點就是太大了。」

轉過最後一個彎，出現一段短短的走廊。「１０１１」、「１０１２」、「１０１３」、「１０１４」。左右各有兩道門，門上貼有房間的號碼牌。

穿著制服的警官敲了敲「１０１２」的門，然後說：

「要會面的人到了。」

那是一道有牛眼窗般的圓型窗戶，看起來很古老的木門。門把是玻璃材質。宗一想起自己以前就讀的工業高中。

打開門之後，大約四疊半榻榻米大小的房間中央，有一座像是齒科診療用的椅子和一些像是醫療用的機器，坐在椅子上的夏穗，身穿明黃色的無袖上衣和棉質長褲。好幾條細細的線路連接到頭帶上，左右兩手的手腕也綁著皮帶。上半身被座椅安全帶固定，腿部的椅墊角度稍稍向上。

椅子旁站著一名穿著白衣的女性。她手上拿著板夾和筆，正在和夏穗說話。兩個人的表情都很平靜，白衣女子嘴邊甚至露出微笑。

「——爸爸。」

夏穗往宗一的方向看，低聲地喊了爸爸。連接到頭帶上的一條線路，正好橫越右眼上方。那隻眼睛，還留有七年前的夏天，夏穗和霸凌者對抗之後留下的勝利傷痕。

大約有十分之一秒的時間，宗一的思緒飄到遠方。好久沒有聽到夏穗叫爸爸了。就像透過針孔往裡面看那樣，現實被縮小，除了夏穗的臉之外，其他的一切都是黑暗的。

夏穗從嬰兒時期就經常被說輪廓和瞳子很像。而眼角像宗一。最近聽瞳子說，夏穗剪了短髮。瞳子直說很適合她。啊，真的適合。

「這位是來會面的安永宗一先生。」

制服警官這樣說之後，白衣女子露出親切的微笑說：「時間剛剛好。測試已經全部結束了。」

「謝謝您。」

夏穗這樣說。這是我家女兒的聲音，夏穗是很有禮貌的女孩。宗一內心的現實感突然完全恢復，變得能夠看清當下奇異的整體光景了。

這裡的確是指認嫌犯用的小房間。固定夏穗的椅子正對面，也就是房間的前方，有一片大大的玻璃窗，被抓來這裡的嫌犯就在玻璃窗的另一側。明明已經結束測試，卻還留在原地。

看來恐怕是沒辦法自己起身吧。嫌犯被綁在折疊椅上，正在搖著頭。他鼻青臉腫，還有乾掉的血跡。變成這副模樣，怕是連朋友都認不出來吧？

他是個年輕人。說不定和帶自己過來的制服警官差不多歲數。上半身穿著一件背心，背心上也都是血與汗。雖然穿著卡其色的長褲，但是打赤腳，左右腳的指頭都是血，讓人不忍去想到底發生什麼事。

察覺宗一的視線與表情之後，白衣女子慌慌張張地操縱手邊的機器。

「啊，抱歉。」

玻璃另一側的照明消失，已經看不見那個鼻青臉腫的年輕人了。即便如此，還是能看見黑暗中的剪影。瀕死年輕人的剪影。

「下一個人馬上就要用這個空間，所以剛才接到指令，要我們移動到警備處的小會議室。」

白衣女子對制服警官這樣說。制服警官在白衣女子的耳邊，快速交代了幾句話。白衣女子杏仁般的眼睛突然睜大，兩人相視微笑。制服警官露出剛才沒有見過的八卦眼神。

「我說啊，和**這裡的**差很多對吧。」

白衣女子壓低聲音這樣說，制服警官忍住笑意裝出沒事的樣子。兩人都督眼觀察宗一的表情。這是不想讓外人知道的笑話嗎？

無所謂了。問題是充斥在玻璃窗對面的黑暗，沾滿血的腳指頭還在那裡，只是這裡看不見罷了。

夏穗面對宗一。女兒的臉上幾乎沒有血色，臉頰上還有淚痕。面對根本不認識，不是夥伴也不是朋友，而是遭到逮捕與拷問，為了指認嫌犯而被拖到這裡來的那個年輕人，年僅十七歲的女兒不可能泰然處之。

宗一體內的血液瞬間倒流。

夏穗，我們離開這個鬼地方吧。我們回家，爸爸會帶妳回家。無論要面對什麼，爸爸都會挺身對抗。要對抗誰都無所謂，我一定要把妳帶回媽媽身邊。

軍事政權什麼的，都是狗屁。

「請小心腳下。」

白衣女子把手伸向準備離開椅子的夏穗。

她的正後方立著看起來像是可移動點滴架的東西。只是掛著幾條用夾子固定的電線，看起來不像是什麼可怕的東西。

有一道光沿著點滴架出現。剛開始只是一個光點，後來變成一條線，一直往下延伸。現在彎曲九十度，變成一條橫線。夏穗起身走下椅子，整理自己的儀容。白衣女子把板夾拿給制服警官看，然後兩個人又開始交談。

光線又開始往上走，現在宗一才知道光線正在連成一個形狀。大約是一個人可以穿過的長方形。

光線閉合，出現一個長方形。

「安永先生，我們走——」

這句話還沒說完，制服警官就發現不對勁。宗一不禁屏息。

懸空的光線長方形消失，深處飛散出其他光芒。

砰、砰、砰。這是宗一有生以來第一次聽到能量槍發射的聲音。

三槍之中有兩槍命中制服警官的右肩和右手臂，一槍擊中白衣女子的左肩。

在能量彈的衝擊之下，兩人被轟到牆邊，紛紛昏了過去。於此同時，長方形空間裡出現穿著厚實安全鞋的腳。

宗一有種在夢中游泳的焦慮感，一把抱緊愣愣站在原地的夏穗。夏穗的臉上和上衣的胸口都濺到血跡了。

穿著厚實安全鞋的那個人，抱著能量槍騰不出手，所以甩了一下頭，讓礙事的劉海往旁邊分開。她頂著黑色的短鮑伯造型，挑染螢光藍的條紋。身穿卡其色外套和工作褲，外套已經破舊不堪，領口和手肘附近都褪色變白了。工作褲上還散落著不知道是油漆或油漬形成的斑點。

雖然髮型和服裝都不同，而且拿著能量槍和安全鞋這一點也完全不一樣，但那個人就是夏穗。她也是夏穗。最明顯的證據就是那個女兒睜大眼睛看著宗一大喊：

「不會吧！老爸為什麼會在這裡？」

✦

對不起，老爸。

升上國中的時候，我就決定以後不要再叫老爸老媽了。不過，當時一不小心就喊出來，難道是因為嚇了一大跳，所以瞬間回到小時候了嗎？

我和成員一起喊這裡的爸爸「father」，不過我偶爾叫他爸爸的時候，他也會很開心。

我是第一鏡界原本的那個夏穗喔。但是，從今往後我會以第二鏡界夏穗的身分活下去。

在第二鏡界裡，我的爸爸是反政府組織的高層幹部。他是組織的創立成員之一，也是最年長的成員，所以大家都叫他「father」。媽媽以前也是成員之一，但是在自爆恐攻時過世了。兩年前，我們兩個夏穗十五歲生日的前一天，她一個人載著堆滿爆炸物的卡車，衝進國軍的參謀本部。我啊……因為那件事，真的有一點，有一點同情媽媽。她是「father」的妻子，也是最忠誠的同志，完全沒有逃走的餘地。雖然我不太懂，或許媽媽自己是由衷期盼衝進去的。

媽媽留下遺言，希望女兒夏穗能繼承自己的衣缽。我覺得那也是因為她覺得自己身為「father」的妻子，生下為「father」繼承血脈的孩子，必須留下這樣的遺願吧。但是，第二鏡界的夏穗是個懦弱的孩子，完全無法承擔責任啊。

為什麼從事武裝鬥爭的父母，會生下那樣的女兒呢？那難道只是倒楣的巧合嗎？

就像是第一鏡界的我——天生就是戰士的夏穗，父母偏偏像是無欲無求只會工作的溫順山羊嗎？

或許我們兩個生錯地方了。兩個人交換可能才是對的選擇。

爸爸，你還記得嗎？我小時候曾經很著迷於紙牌魔術對吧？你那時候甚至買「bicycle」這種職業魔術師在用的撲克牌，練習很久才變魔術給我看。你後來因為工作忙，自然而然就沒有繼續練習，留下一堆用過好多次的撲克牌，我記得我拿來和朋友玩抽鬼牌還有接龍之類的。

那些撲克牌，花樣都一樣對吧，只是有好幾種顏色。我從爸爸用過的撲克牌裡，抽掉有破損的，只留下完好的牌湊成一副，花樣都相同，只有幾張顏色不一樣，但我們經常沒辦法分出勝負，超奇怪的。

我覺得第一鏡界的我和第二鏡界的夏穗，就像顏色不同的撲克牌一樣。我們和自己出生世界裡的其他群眾，擁有一樣的花紋，但是因為顏色不同，所以顯得不協調。這一點周遭的人都知道，我們自己也比任何人都清楚。完全無法騙自己，清楚到可以說是殘酷的地步。

因此，我決定要回到自己原本所屬的牌堆裡。

第二鏡界的夏穗也覺得應該這麼做。

第二鏡界的 father，在媽媽過世之後，對沒出息的第二鏡界夏穗感到失望，果斷放棄她，同時也開始尋找第一鏡界的我。

——無論在哪個鏡界，都是我的女兒。

father 也發現了。第一鏡界的我，才更有成為他真正女兒的資格。我能夠完成 father 妻子的遺言，同時擁有繼承衣缽的能力與霸氣。

我是在上高中前的春假被招募，但是當時第二鏡界的夏穗也一起過來了。她想在和平的世界裡，當一個平凡家庭的女兒，而不是反政府組織高層幹部的女兒。也就是說，需求和供給剛好一致。

因為我需要訓練的時間，所以和第二鏡界的夏穗完全交換身分是在今年生日之後。爸爸雖然準備了生日禮物，但是沒有在我起床的時候回家對吧？

我都知道喔，是我不好。因為我經常說一些過分的話。我真的很差勁。剛開始，我覺得真正的爸爸媽媽很讓人不滿，太過平凡又無趣了！我一直覺得，為什麼這樣愣頭愣腦的人會是我的父母，心裡感到煩躁，所以我才會叛逆。但是，自從被father招募，決定去第二鏡界之後，我是故意用這種差勁的態度對待爸爸的。

因為我覺得被爸爸討厭、被當成麻煩，對以後會比較好。

第二鏡界的夏穗和我交換之後，一定會是一個溫柔又乖巧的好孩子。

她會成為尊敬爸爸、和媽媽感情很好，你們理想中的女兒。因為第二鏡界的夏穗，就想要過這種人生。如此一來，爸爸和媽媽都會覺得「啊——夏穗漫長的叛逆期終於結束了」，然後大家都會變得幸福吧。

不過，媽媽有點出乎我的意料之外。因為在完全交換身分之前，測試階段就被媽媽發現了。

媽媽之所以瞞著爸爸，是因為兩個夏穗都拚命拜託她。

媽媽沒有錯。為了讓第一和第二鏡界的女兒都能過上想要的日子，媽媽決定為我們保守秘密，並不是背叛爸爸。

所以請不要生她的氣喔。你可以生我的氣，但是請像以前一樣愛護媽媽。

還有第二鏡界的夏穗，她其實是個膽小又愛哭的女生。

她右眼眼角的傷痕，是這裡的醫生在正式交換身分前故意弄上去的。

雖然知道要假扮我就一定需要那個傷痕，但她還是哭了，費了好大的勁才安撫好呢。

她是一個很普通的女生，不像我這麼瘋。我天生就不按牌理出牌，真的是father的女兒。

但是啊，爸爸。在第二鏡界的這個國家，大多數的國民都沒有受到基本人權保障，一直受到壓迫，只有軍事政權的高層和部分特權階級才擁有奢侈的生活，這也是第一鏡界的日本可能出現的一種樣貌。

第一鏡界的日本能享受的自由與平等，應該要帶到第二鏡界才對。

無論是哪一個鏡界，都是我的祖國。

所以我決定要挺身而戰。

握緊拳頭，不斷地用盡全力出擊。我希望總有一天，第二鏡界的這個國家會被解放，屆時爸爸和媽媽也會以我為傲。

對不起，老爸。老爸，叫起來真好聽。沒辦法再這樣叫你，覺得有點難過。

永別了。

✦

father安永忠誠的部下安永夏穗，為了救回被逮捕拘留的夥伴，手持攜帶型的次元洞生成裝置和能量槍，僅帶著五個人就突襲公安局，達成目的之後就逃走了。

從第一鏡界渡界而來，偶然目擊案發現場的安永宗一和女兒夏穗，在事情結束並經過二十四小時的觀察期後，得到回第一鏡界的許可。反政府組織的夏穗發射的能量彈擦過宗一的右肩，導致宗一負傷在身。

其實，那個夏穗原本是讓宗一和另一個夏穗趴在地上，然後說：

「為了不讓你們被懷疑，我得射幾槍才行。」

說完之後才發射能量槍。其中有一槍擦過宗一，是因為他起身想記住女兒的背影。

「唉呀，對不起啊，老爸！」

那是宗一聽到那個夏穗最後說的話了。

那個夏穗是father安永的女兒，而father安永是試圖顛覆軍事政權的一級危險人物，公安局一直在追尋安永這個人還有他發起的行動。既然如此，完美交換身分，被認定是第一鏡界的這個夏穗，還有身為她父母的宗一和瞳子，今後必定也會透過某種形式遭到監視。這已經無法完全避免了。即便這個安永宗一是被第二鏡界公安局的制服警官和白衣女子偷偷揶揄──和這裡的差很多對吧。

幾乎可以說是人畜無害的人物也一樣。

為了讓一家三口能毫無保留地討論這個話題，自從夏穗被抓走、宗一渡界之後，全家花了一個月的時間等待輿論退燒。而且不在家裡談這件事，而是開著家庭房車出門兜風，隨意在地圖上找一個去處。最後由瞳子選擇位於房總半島南端的鄉村風格度假飯店。

「聽說那裡的菜很好吃，還有能夠泡腳的足湯。」

過了一夜的隔天早晨，三人一邊在海邊散步一邊談心。把話說開，道歉，把一切解釋清楚。然後原諒彼此。

第二鏡界的夏穗，像害怕惡魔一樣害怕自己的親生父親。雖然是血親，但父親懷抱著她無法理解的信念與熱情，甚至奮不顧身。而且，還要求她也要擁有相同的信念、熱情與勇氣。

志向即正義，這種態度比惡魔還要難對付。

宗一和瞳子是像綿羊般乖順的一般市民，他們如同理解物理性痛苦那樣，也能理解夏穗的恐懼和絕望。

「我很想逃離father，想逃離有father存在的人生。」

因此，第二鏡界的夏穗，為了成功交換身分，言行舉止都非常小心慎重。自從有具體計畫之後，就已經預想到有可能會遇上指認犯人的人定測試這種事，所以一直沒有和father的任何手下接觸，也刻意不去了解反政府組織的行動計畫。

不過，即便如此，她仍然熟知另一個夏穗突襲公安局時使用的攜帶型次元洞生成裝置的架構。畢竟，每次要來到第一鏡界，她都必須使用這些裝置。

「那個生成器的動力來源，就是『朗布倫之雪』。」

暴走之後爆炸的量子加速器，最後導致的悲慘結局。純白的有害粉塵。利用這些東西開發出來的攜帶式次元洞生成器，在從第一鏡界的黑市流入第二鏡界的反政府勢力，據說是最大宗的暢銷商品。

「所以穿越生成器創造的次元洞，身體會變得非常冷。有時候甚至會凍傷。」

「我想也是。爸爸是救援現場的專家，所以很清楚這一點。」

宗一亮出自己手背上淺淺的傷痕。夏穗把手蓋在傷痕上，瞳子也把手搭在夏穗的手上，默默地微笑。

「我們兩個交換身分的事情被發現的時候，」

媽媽過來擁抱我——

「不是擁抱原本的夏穗，而是擁抱我。」

媽媽的手像太陽一樣溫暖，令人永生難忘。變成第一鏡界夏穗的她這樣說。

「這我深有同感。」宗一回答。

宛如一張顏色不同的撲克牌，在這個世界顯得不協調的夏穗。離開這裡，回到和自己同色牌堆裡的夏穗。

愛並沒有消失。雖然沒有說出口，但宗一還在默默等待。他知道，瞳子也在等。

總有一天，不知道是多久以後的未來。或許不會在兩人活著的時候實現。但是，那一天一定會到來。

去到另一個世界的夏穗，總有一天會和夥伴們打倒第二鏡界的軍事政權，獲得自由與平等。總有一天，一家人能夠堂堂正正地重逢，也能同時稱呼兩個世界的夏穗為女兒。

直到那一天來臨之前，宗一和瞳子都會懷抱這個秘密過日子。過著毫不起眼，平凡又順從的日子。即便這樣的日子曾被理想主義至上的果敢女兒批評為「毫無危機感」，一家人還是要過著小市民的日子。

「如果按照那邊的法律，你和我應該都已經犯了叛國罪喔。」

某次，瞳子突然這樣說。

「在這裡也是違反鏡界協定基本法啊。」

「我們夫妻都是罪人耶。」

「又還沒有定罪，只能說是嫌疑犯。」

「唉呀，真是抱歉。」

看著妻子平靜的笑容，宗一突然想起一件事。

夏穗這個名字，是夫妻兩人商量之後取的。婦產科醫院的附近有一片寬廣的水田，青綠的稻穗波浪，在夏天的陽光照射下閃耀，經常令人看得出神，所以才會取這個名字。因為希望肚子裡的孩子，能像夏日稻穗般美麗，而且心靈富足。

不過，宗一其實還有另一個想法。詢問瞳子的意見時，瞳子說宗一想到的名字太華麗，所以不怎麼喜歡，宗一就馬上放棄了。

原本的夏穗，或許比較適合那個名字。因為人如其名，名字會成為一個人的指南針啊。

沒錯，就像瞳子說的那樣，自己想到的名字太華麗了。每個人都聽過這個名字，不過，真正需要的時候，人必須克服許多困難才能抓得住。

那個名字叫做──「希望」。

♪YOASOBI
〈セブンティーン〉

ETO
MORI

光之種籽

第一次告白時該讀的故事

森繪都

HAJIMETENO

我要去挽回原本無法挽回的事。

為此，我踏上旅途。

旅程要前往遠到令人覺得頭暈眼花的彼方。

為了讓我的告白，再度變成對他而言的第一次。

為了讓我對他的感情，再度變成對自己而言的第一次。

✦

「樋口，快幫幫我。」

那天晚上，心裡湧現某種情緒。晚餐後，我在自己房間裡大把大把地吃著柿種米果[1]，突然覺得坐立難安，所以打電話給從國小就認識的好友。

「我果然還是很喜歡椎太。」

樋口的反應很冷淡。

「我知道啊。我已經聽……」

「就算已經聽到耳朵長繭，還是再聽我說一下吧。現在真的很危險，我可能已經忍不住了。」

「什麼忍不住？」

「告白。」

「啊——」

長音拉過五秒左右之後，傳來樋口冷靜的聲音。

「嗯，我知道妳早晚會發作，只是時間的問題而已。」

「不要說得這麼事不關己嘛！」

【編註】1. 用精磨過的糯米，或者細切過的大米，在表面上塗上醬油包裹，燒製成的米果，通常帶有辣味。外觀近似柿子的種子，因而得名。

「什麼事不關己，就真的跟我無關啊。」

雖然有一瞬間想掛斷電話，但我告訴自己對方是樋口，所以只是想想而已，沒有真的掛斷。

「既然如此，那就用妳客觀又冷靜的眼光來看這件事，然後告訴我，我到底該怎麼辦？」

「沒怎麼辦啊，妳不是忍不住想告白嗎？」

「嗯。」

「那就去告白啊。跟同一個人告白第四次。」

「呃……」

第四次。這個令人討厭的數字刺進我的胸口。

「妳說得簡單……」我壓低語調。「都第四次了，即便是我也會想很多啊。之前告白三次都失敗的對象，再去告白有可能會順利被接受嗎？我不想讓椎太覺得我很煩，反而被他討厭。樋口，妳覺得呢？」

「我覺得如果是椎太的話，他不會討厭妳。」

「不是啦，我是說告白有可能順利嗎？」

樋口沉默不語。她是很誠實的人。

「沒關係，妳就說吧。扭扭捏捏就不是妳了。再度跟已經被拒絕三次的對象告白，有多大的機率會出現幸福快樂的結局？」

「既然如此我就實話實說了。難度大概就像在沙漠找到四片葉子的幸運草吧？」

她真的太誠實了。我決定掛掉電話。

在沙漠找到四片葉子的幸運草。這種可能性無限趨於零的景象，讓我一陣鼻酸。為了堵住眼淚的出口，我往床上倒去，結果一個不小心把鼻涕擦在枕頭套上。

我知道。一切都是我自己不肯放棄造成的。

那個拒絕我三次，還是無法讓我斷了念想的人——椎太，是我在距今十年前，國小一年級的時候認識的。當時還不知道什麼叫做戀愛，我輕輕鬆鬆地告白，也輕輕鬆鬆地被拒絕。後來這段初戀也一直沒有結束，在小六的時候，迎來第二次破滅。國中二年級第三次失戀的時候，我想應該不會再有下一次了。

我永遠都沒有辦法成為椎太的女朋友，所以只能接受這個現實。再這樣下去，我會因為太喜歡椎太，而變得討厭我自己——

討厭一直執著於椎太的自己。

討厭一直望著椎太、只在乎椎太眼神的自己。

討厭除了椎太以外看不見別人，讓世界變得很狹隘的自己。

當時非常討厭自己的我，在第三次失敗之後，我決定以這次的經驗為契機，來個大轉變。我對樋口揚言要：「擺脫椎太！」為了把滿溢的熱情轉向其他地方，我下定決心加入女子排球社。無論在教室或社群網絡都積極結交朋友，努力改變以前滿心都是椎太的日子。甚至定下看椎太一眼就要罰十元這種規則，還因此存下不少零錢。

儘管做到這個地步，我還是沒辦法報考和椎太不同的高中。「聽說我和坂下考上同一所高中，請多指教囉！」

當椎太用爽朗的笑容（完全看不出來是甩了自己三次的人）這樣對我說的時候，我就在內心暗暗發誓，高中三年期間一定死守「多年好友」的位置。我絕對不能讓這個和兇器沒什麼兩樣的笑容黯然失色。只要沒有什麼奢求，我就能在女性朋友這個安全地帶生存。

所幸，高一、高二的時候我和椎太都不同班。接觸機會少的話，情緒就不會起波瀾。維持偶爾在走廊擦身而過的時候會互相打招呼的關係。我覺得這樣就好了。這樣的日子很和平。沒想到——

叮咚。門鈴突然響了起來，原本把臉埋在濕潤枕頭套上的我抬起頭。

幾秒之後，媽媽的聲音穿過門板。

「由舞，樋口來找妳了喔。」

樋口出現的時候，穿著深藍色帽T與牛仔褲這種毫無女人味的衣服，她熟門熟路地逕自走進我房間，一屁股就坐在書桌前的椅子上，睜大眼睛觀察四周。

「這個房間還是老樣子，一點少女氣息也沒有耶。沒什麼粉紅色調，也沒有荷葉邊之類的裝飾……啊，漫畫又多了一堆。哇，那張海報竟然還在。沒幾個女高中生會在房間的牆上貼《海賊王》的海報喔。」

「不要對別人心目中的英雄說三道四。」

我從床緣瞪著樋口。

「魯夫是我的活力泉源。我每天都是看著那張海報在充電的。」

「該不會連手機桌布都……」

「是魯夫啊，妳有意見啊？」

「其實從某個角度來說還滿厲害的。」

「所以勒，妳來做什麼？」

擅自抓起一把柿種米果的樋口，聽到我這麼問，藏在黑框眼鏡後的雙眼才終於轉過來看我。

「我想說，直接問妳和椎太之間到底發生什麼事比較快。」

「什麼事喔……」

「一定有發生什麼對吧。妳之前不是才說了一堆『女性朋友的位置最好，女朋友會分手，但女性朋友永遠都是朋友』這種好像已經頓悟的話嗎？

我是不知道妳是帶著優越感還是在逞強啦。但是現在又突然說要告白？一定有什麼事發生，才點燃妳未了的餘情吧？」

因為她說得太準確，我愣了好一陣子，才緩緩地走向樋口，拿起裝著柿種米果的夾鏈袋，再度回到床邊。「樋口，人真的會因為一、兩分鐘的對話，導致三年的禁慾生活打水漂耶。」

「也就是說，妳和椎太，講了一、兩分鐘的話。」

「妳這個問題問得很好！」

我的自制力就只能控制到這裡為止。其實我嘴巴很癢，一直很想說這件事，所以她一問我就滔滔不絕地開始講起那天發生的事。高中同學不知道我的過去，雖然很不甘心，但樋口真的是最適合的傾聽對象。

「事情發生在五天前，男子排球社有一個叫做大西的傢伙來找我，這就是開端……」

那天放學後……我趕著要去女排社團練習，一踏出教室就被等在門外的大西逮個正著，而且還丟給我一個難題。無論我怎麼拒絕，大西都不肯放棄。

「拜託啦，坂下。妳就幫幫我。」

「不可能。」

「這是我一生的請求。」

「我說不可能就是不可能。」

這種沒完沒了的對話不知道重複了幾次。

「拜託你放過我，去找別人啦。」

「能找的都找了，沒有人答應我。妳就是最後的那一個了。」

「那我就更不想答應了。」

「拜託啦。」

真的沒完沒了。就在我真的傷透腦筋的時候，旁邊傳來一聲「嗨」。

一回頭，看到椎太站在那裡。

「啊……」

因為他出現得太突然，我一時無法用「嗨」回應他。椎太就在我眼前。平常距離很遠的他，現在離我好近。光是這樣，就讓我覺得這個世界原本的距離感已經快要崩塌了。

而且，椎太對著大西說：

「我有話要跟坂下說，可以借我一下嗎？」

竟然在妄想之外的現實世界發生這種事，簡直就像在做夢一樣。拋下愣在原地的大西，我腳步輕飄飄地跟在對我招手的椎太身後。

放學後的學校塵土飛揚，窗外透進的夕陽散發出彷彿罩著霧氣的光。與我擦肩而過的學生們，無論是誰輪廓都顯得很朦朧。只有默默走在前面的椎太，背影非常鮮明。

一直走到走廊的盡頭，椎太的雙腳往下樓的方向走，在走了一階之後停下腳步。

「走到這裡應該就沒事了。」

「咦？」

「啊，我找妳沒什麼事，只是看妳剛才被纏住好像很困擾的樣子。」

他救了我。他其實沒有話要對我說。這兩件事在腦袋裡交錯。我沒辦法盡情地開心或者徹底感到失落，只能再度抬頭，愣愣地看著稍微長高了一些的椎太。他爽朗的笑容還是老樣子。

「沒錯沒錯，被他纏住我很苦惱呢。謝謝你。」

雖然不需要，但我刻意放大音量，這才終於找回「多年好友」的表情。

「剛才那個傢伙雖然是男子排球隊的社員，但是揚言說要另外創立沙灘排球社，所以到處去邀女子排球社的社員。」

「啊——這裡明明沒有海，卻要創立沙灘排球社啊？」

「那傢伙肯定是為了比基尼啦。他說夏天要去湘南集訓，他的意圖太明顯了。」

「那還真是危險。」

雖然看起來是在說笑，但椎太臉上沒了笑容。就在下一個瞬間——

「妳可要小心啊。」

椎太低下頭，長長的劉海遮住眼睛，脫口說了這麼一句話。有點沙啞的低沉嗓音。就像一個陌生的成熟大人。

接著，椎太一臉難為情的樣子說了聲「那我先走了」便離開了。

只留下讓我雙耳發熱的餘韻。

妳可要小心啊——

「嗯——我學得不太像。感覺比平時的椎太再嚴肅一點？妳可要小心啊……不對，應該要再低半音。雖然我沒辦法完美重現，但是從那之後，那個聲音就一直盤旋在我腦海。這五天聲音揮之不去，等我一回神才發現自己一直想著椎太……」

「所以，火花點燃之後，就突然進入告白模式啊！」

樋口的結論清楚到不能再清楚了。

「就是這樣。欸，樋口，怎麼辦啦！」

「沒怎麼辦啊，事已至此就已經無法煞車了不是嗎？那就只能告白了啊。」

「呃，第四次告白嗎？樋口，妳沒事吧？」

「有事的是被拒絕三次還是熊熊燃燒的妳吧。只能再告白一次提神醒腦了啊。妳之前都是順勢猛衝告白的不是嗎？」

「是這樣說沒錯啦……」

聲音突然變得有氣無力。我覺得無論怎麼盯著海報裡露出笑容的魯夫，都無法獲得第四次告白需要的力量。我背對床往後倒，再度躺在床上。

「欸，樋口。雖然我的確是很沒用，但這次我真的好怕。告白和被拒絕都怕。這是我覺得最害怕的一次。現在回想起來，第一次告白的時候很輕浮。第二次、第三次告白的心情也比現在輕鬆很多。真的，回想起來，真的好氣以前的自己喔。因為以前的自己實在太無憂無慮，現在的我才會吃苦……樋口，妳有在聽嗎？」

「我有在聽但是聽不懂，妳就說到我懂為止吧。」

「妳看，跟同一個人告白越多次，濃度就會越淡啊。第二次開始的告白，衝擊一定會比第一次弱。被告白的人也不會心跳加速，有種已經習慣的感覺，或者是說既視感？就很像是『啊，這本漫畫之前有看過耶』這種感覺。毫無出人意料的劇情。這樣就根本不會心跳加速啊。這種無法讓人心跳加速的告白，怎麼可能會成功。樋口，妳有在聽嗎？」

「我比較知道妳想說什麼了，如果妳那張嘴還是停不下來，那就繼續說吧。」

「反過來說，告白的人告白越多次，自己的心情也會越來越沉重，變得越來越難受。我都十六歲了，當然也有判斷能力。我不想再受傷，也擔心這次如果再被拒絕，會不會連朋友都做不成，反正就是會變得更膽小。然後啊，我最近很有感觸。一直在想，為什麼我會在小一這種屁孩的年紀就開口告白。畢竟國小一年級的時候，椎太也還是個流著鼻涕的屁孩耶。根本就不懂什麼喜歡還是討厭。我為什麼會把珍貴的第一次告白獻給這樣的小鬼啊？當初要是更慎重對待第一次告白就好了。樋口妳應該不知道，椎太上高中之後變得比較會打扮，好像也很在意髮型，有種終於覺醒的感覺。要告白的話，應該選現在才對啊。不應該選小一、小六、國中二年級這種時候。真的是太失敗了。啊──如果可以的話，我想取消那幾次告白。從頭開始挽救，把以前的告白全部消除。然後回到輕輕鬆鬆的自己，再去向現在的椎太……那個對我說『妳可要小心啊』的高二的椎太獻上第一次告白。如此一來，椎太也會回到第一次被告白的感覺，就算沒有成功，至少也要讓他心跳加速啊！」

把想說的話都說完之後，我迅速地坐起來。

「我開玩笑的。又沒有時光機，根本不可能實現，哈哈哈。」

我乾笑讓自己脫口而出的心聲變成玩笑。

然而，樋口沒有跟著笑，她用沉靜的眼神說：

「我認識可以實現時間旅行的人喔。」

◆

樋口有個不算熟的女性朋友，因為一場突發的事故，這個朋友（暫時稱呼她為A）的親人過世了。過世的親人（暫且稱呼為X）有人說是叔叔，也有人說是媽媽或者飽經風霜的大哥，總之眾說紛紜，無論如何A和X在事故發生前一天大吵了一架，這份悔恨讓A很痛苦。

X就在互相謾罵、互相憎恨，沒有原諒對方的狀態下去世了。A把自己關在家裡日夜哭泣，不吃不喝，晚上也睡不著。

她很想回到過去重來一次。想抹除那天大吵一架的事實。因為擔心A不斷悔恨，某天有一個親戚（這一點也是眾說紛紜，有人說是多管閒事的阿姨，也有人說是擁有靈能力的妹妹）告訴A，從認識的人那裡聽到不可思議的故事。據說有一個擁有特殊能力的人，能幫人時間旅行。

抱著一線希望的A找到那個擁有特殊能力的人，透過時間旅行成功回到X去世前一天，挽回吵架那件事。重新整理好心情的A，再度踏出邁向明天的一步──

在聽完冗長的都市傳說（最後結尾有點粗糙）的兩週後的星期天，我和樋口一起來到那個特殊能力者的公寓前。

那是一棟從山手線車站走過來大約三分鐘的高樓公寓。整面都是玻璃的入口大廳前，放眼望去是一個大庭院，光彩奪目的嫩綠樹木上聚集蝴蝶和小鳥，充滿城市綠洲的風情。

「真的是這裡嗎？那個特殊能力者會住在這種充滿名流感的地方嗎？」

樋口一邊看手機上的筆記，一邊對滿是懷疑的我說：「沒錯，就是這裡。」

「我真的很辛苦耶。我先去找那個不太熟的朋友，再透過朋友的朋友轉介，好不容易才找到這裡的。我先打電話給媽媽的朋友，再打給那個朋友的表姊，然後打給表姊的男友，又打給這個男友的公司前輩……」

就在我們沿著前往入口大廳的石板路前進的時候，樋口一直在說自己有多辛苦。這對很少社交的樋口來說，的確是難度很高的苦差事。

正因為如此，我才覺得疑惑。

「是說，樋口，妳為什麼要做到這個地步？」

「什麼為什麼？」

「樋口妳不是不喜歡講電話嗎？為什麼為了我做到這個地步？」

樋口馬上就回答：「那是因為……我想好好用自己的眼睛看到最後。」

「看到最後……看什麼？」

「我從小學的時候就一直觀察妳愚蠢的戀愛，究竟最後會迎來什麼結局呢？如果第四次告白在妳畏畏縮縮之下就結束，那豈不是太無趣。」

「無趣……什麼無趣？」

「小說。如果寫得好的話，我打算參加新人獎。」

「原來是這麼一回事——」

我懂了。主張「比起談戀愛，看別人戀愛比較有趣」的樋口想要成為作家，她為了成為作家每天都在磨練自己的觀察能力。如果是為了加入時間旅行這種帥氣的元素，那她一定會竭盡全力。

「可是，寫我這種寒酸的單戀故事真的好嗎？妳明明可以寫那種世紀美女和帥哥兩情相悅的故事啊。」

「世紀美女和帥哥兩情相悅的故事誰會想看啊？」

就在對話一來一往的時候，我們來到大廳前。樋口在自動鎖系統上輸入號碼，我們朝教堂般的挑高大廳前進。

「太好了，剛好十一點整。」

在電梯裡，樋口確認手錶，鬆了一口氣。在打電話預約的時候，對方再三叮囑，接下來還有預約，所以一定要準時到。

這位特殊能力者還真忙。聲音聽起來是女性，不知道到底是什麼樣的人。是那種會在臉上罩黑色面紗的人嗎？還是會立起指尖轉著水晶球呢？會在陰暗的房間裡，擺放蠟燭、十字架、人的頭骨之類散發不祥氣息的東西嗎？

我也不是完全不好奇。不過，我也沒有感到興奮或者心跳加速。因為我根本不相信時間旅行這種東西。

這種事情根本就不可能實現。只不過是因為樋口很認真想幫我解決這件事，事到如今我也不好退縮，如果對方是很奇怪的人，我打算立刻回家。好，即將要開始一段可能會出現不可思議鬧劇的冒險了。

我原本是抱著這種決心的。

「妳們好，請進來吧。」

從１２０７號房走出一名年齡不明的嬌小女性時，我因為對方外表太過普通而懷疑自己的眼睛。

雖然樸素但很精緻的灰色西褲套裝。微鬈的中長髮，沒有壓迫感的淡妝，在胸口發光的珍珠項鍊。不管怎麼看，都沒有可疑的樣子。

不只是外表非常「普通」而已。裡面的房間也是極簡風格，以米色為基調的俐落空間裡，只放著四人座的桌椅。不要說什麼人類頭骨了，就連多餘的裝飾都沒有，只有靠牆書架上的書本封面，讓平淡的房間裡增添顏色。

「意外地很正常，讓妳覺得失望了嗎？」

這位謎樣的女性，對藏不住目瞪口呆的我露出微笑。

「做這種不正常的生意，至少要讓外表看起來正常才行，否則沒有人會想靠近喔。這就是我們這一行的鐵則。」

「喔……」

「再跟兩位正式介紹一次，」

她朝著愣住的我遞出名片。

「我是守谷蒔枝。」

名片上，她的名字上面有一行「M&M Time Travel Agency所長」字樣。

的確，無論哪個細節都很正常。

「嗯，雖然名片上寫所長，但員工只有我一個人。」

「喔……」

「那個，您好。」

此時，樋口從只會說「喔……」的我身邊率先開口。

「我是樋口一花。」

「啊，妳就是這次的委託人。」

「是的。突然提出這麼奇怪的請求真的很抱歉。拜託您這種史無前例的案件，真的很不好意思，但是為了迷惘的朋友，請您多多幫忙。」

樋口用手肘戳了我一下，我也慌慌張張地低頭。

「我是坂下由舞，請多多指教。」

「這樣啊。妳就是被對方拒絕三次的……」

她用充滿憐憫的眼神掃描我全身，然後視線停留在我掛在左手的波士頓包。

「好大的行李。」

「啊，對，裡面有運動服。因為下午開始就是社團活動時間。」

「妳打算在時間旅行之後去參加社團活動？現在的高中生真的好忙喔。嗯，反正我的行程也很滿，那我們就速戰速決吧。」

蒔枝小姐按照她自己說的話，迅速把我們帶到座位上，然後迅速端茶倒水，也迅速切入正題。

「我想先確認一下，妳時間旅行的目的是要收回以前的三次告白沒錯吧？在開始之前，您需要答應我幾件事……」

「很抱歉，請等一下。」我開口插嘴。「可以先告訴我價格嗎？」

「價格？」

「旅行的價格，因為我並不是太有錢的人。」

蒔枝小姐一臉困擾地對乾脆說出想法的我說：

「其實價格沒有很明確的規範，依照時間旅行的距離、長度等各種條件綜合判斷。簡單來說就是我需要付出的勞力不同。」

「所以沒有一個標準的價格嗎？」

「沒有喔。畢竟這不是去箱根旅行一下就回來的事情。」

不過，妳不用擔心。蒔枝小姐對充滿戒心的我說：

「有很多錢的人我會多收一點，但是我不會因為這樣就對沒有錢的人敲竹槓。如果極端走營利主義的話，我的能力會變弱。我想妳大概沒什麼零用錢，我會算妳學生特價。我就收一千兩百圓，妳覺得怎麼樣？」

「呃，真的可以嗎？」

這個騙子還真是無欲無求耶。我立刻對她刮目相看了。

「感謝您，真是太好了，我這個月真的手頭很緊……」

我一邊說一邊把波士頓包放在膝蓋上，翻找裡面的錢包。我盤算著在對方還沒改變主意之前趕快付錢。

「那這裡是一千兩百圓。感激不盡。啊……如果您喜歡的話，我可以送您一些柿種米果。」

「柿種米果？」

「她啊，中了柿種米果的毒。」

蒔枝小姐疑惑地看著我從背包拿出來的夾鏈袋，樋口從旁解釋。

「好像沒有柿種米果就會很不安似的，一年到頭帶著柿種米果到處走。」

「不是沒有會不安，而是帶著我會很安心。」

「喔，原來妳吃辣味啊。難得妳都這麼說了，那我就收下囉。剛好我也有點餓了。」

蒔枝小姐把夾鏈袋裡的米果倒進盤子裡，我們喀啦喀啦地咬著米果，終於開始進入正題。

「首先要請妳記住，在時間旅行的時候一定要謹言慎行，不要做會影響到未來的事。妳回到過去之後，言行不能改變全人類共有的『現在』。妳能改變的只有妳自己的過去，也就是收回妳的告白。」

「啊，這我知道。如果在回到過去的時候失誤，影響到現在的現實，媽媽甚至有可能會變成另一個人。」

「對，沒錯。這是同行之間共通的規定，請妳一定要遵守。再來就是我自己的原則，在妳時間旅行的時候，絕對不可告訴以前的自己有關未來的資訊。譬如說妳之後還會被甩很多次，最好等到上高中再告白之類的都不能說。簡單來說就是不要節外生枝。」

「不過，大雄好像就曾經幫過以前的大雄耶……」我想起知名動畫電影的情節。

「那是哆啦A夢太寵大雄了。」

蒔枝小姐嚴厲地回應。

「知道本來不應該知道的未來，不一定會有什麼好結果。這是我基於經驗訂定的原則。雖然無法預知未來是人類共通的不安要素，但是提前看見未來，人類一定會提不起勁。活在未來已經確定的世界裡，一點也不好玩啊。」

「真的是這樣嗎？」

「就是這樣。所以妳不要想著說服過去的妳，也不用去警告過去的妳，只要思考該怎麼用其他方法，防止自己去向他告白就好。」

「其他方法是什麼方法？」

「這妳要自己想。」

「咦？」

「那我繼續說明。這一點也是絕對要遵守的鐵則，不能透過時間旅行賺錢。千萬不要建議過去的自己買GAFA，妳的一言一行我都會監視，當我判斷妳的行為已經違法，那我就會立刻中斷。還有……」

這個也不行、那個也不行，蒔枝小姐不斷叮嚀，樋口把這些事項都用手機記下來，而我一個人默默地啃著柿種米果。蒔枝小姐說的內容越正常，我伸向盤子的手就越停不下來。

我的心靈撫慰劑——柿種米果。當我這麼想吃柿種米果的時候，就表示——

「不好意思，我可以問一下嗎？」

當我發現原本的游刃有餘消失殆盡的瞬間，忍不住焦急地開口：

「越聽妳說，我心裡就覺得越奇怪……就是，感覺好像真的要時空旅行了。」

蒔枝小姐停下原本的動作。柿種米果從停在半空中的指尖掉落，喀嚓一聲掉在木地板上。偏偏還是米果裡面最好吃的花生。

「難道妳覺得不是真的嗎？」

她一臉震驚的樣子，讓我也一臉震驚。

「難道是真的嗎？」

一連出現兩次難道。

此時，宛如潑水在火花上似的，樋口從旁冷靜地發言：

「那個，我插個話。我不管這是真是假都會公平公正地做紀錄，不過如果這是真正的時間旅行，有一點我不能理解。」

「是哪裡不能理解呢？」

「時光機在哪裡？」

空蕩蕩毫無雅趣的客廳裡，因為樋口的一句話讓氣氛變得緊張起來。

這裡的確沒有類似時光機的東西。

不過，蒔枝小姐絲毫不為所動。

「這裡只是接待室，操作室在隔壁喔。還有，話先說在前頭，所謂的時光機不過是像幫助無法自主減肥的瘦身機器而已。」

「瘦身機器？」

「無法靠自身能力超越時空的科學家，用來克服痛苦的工具。」

看到蒔枝小姐的嘴角露出無敵笑容的瞬間，我的直覺就確定了。

這是真的。

時間旅行是真的。

緊臨客廳的操作室很暗。窗戶被窗簾覆蓋，燈也沒有開。只有走廊的燈光透過門縫照進來，讓房間中央的物體出現朦朧的輪廓。

又矮又長的四角形——只是一張床而已。

「所以我不需要什麼特殊的裝置。」

蒔枝小姐把手搭在我的肩膀上。

「妳只要躺在那裡就好。然後牽著我的手，專心想著妳要挽回的過去。這樣就可以了。」

「這樣就可以回到過去嗎？」

「對。正確來說，就是潛入妳自己的記憶之中。」

「潛入……要怎麼做？」

「做了就知道了。」

蒔枝小姐若無其事地這麼說，讓我瞬間屏息。

躺在那張床上，想著要挽回的過去。只要這樣就能回到過去了嗎？

「還是妳要放棄？很多客人會在關鍵時刻變得畏縮。畢竟去見以前的自己，其實很冒險。」

蒔枝小姐對站在門口的我說：

「現在後悔我可以退費喔。妳剛才都還覺得我應該是騙子，應該也沒有做好心理準備吧？」

我跨出一步代替回答。為了不讓恐懼和猶豫靠近我，所以我盡量快速又大步地走向床邊。

「麻煩您了。」

我把身體鑽進床單和毛毯之間，黑黑的天花板讓整個房間又變得更暗了。

不知道是誰的腳步聲漸漸靠近。應該是蒔枝小姐吧。

「妳真的想回到過去？」

「對。我並不排斥冒險。而且，如果真的能回到過去收回告白，那就再好不過了。」

「就算收回過去的告白，也不能保證下一次告白會成功喔。」

「這我知道。不過，成功率應該會比較高吧。應該是說，如果不收回之前的告白，我成為椎太女朋友的機率，就像在沙漠裡面找到四片葉子的幸運草一樣低，幾乎可以說是奇蹟了。」

我轉變態度繼續接著說。

「而且啊，我回顧過去的自己，好像越是告白，狀態就越差，好像對椎太非常執著。總覺得這樣下去我就再也無法振作，也想讓過去的失戀全都歸零……雖然我也說不清楚，不過自己應該多少有點意氣用事吧。越是被拒絕就越不顧一切，眼裡只看得見椎太，被椎太束縛，自己的世界變得越來越小……我對這樣的自己已經感到很厭煩了。我已經搞不清楚自己是真的喜歡椎太，還是單純的意氣用事了。」

枕頭邊傳來沙沙的聲響。

床邊有朦朧的人影，一雙手向我伸過來。

「所以，我想收回以前的告白，回到完全清空的自己。清算太過沉重的過去，然後用第一次告白的心情面對椎太。」

某個人的手掌搭在我的手背上。那是蒔枝小姐的手，她的手涼涼的，讓人覺得很舒服。

「我知道了，我會幫助妳。請妳回到過去，收回妳想收回的東西吧。」

我握緊拳頭，點點頭說「好」。

「由舞，加油。」

從蒔枝小姐的對面，傳來樋口的聲音。

「那就開始時間旅行囉。首先，我們先去比較近的地方，這樣身體適應時的負擔比較小。第三次告白的時間是三年前的六月。請閉上眼睛，回想那個時候。盡可能清楚地回想，讓妳回到當時的自己身邊。」

我在蒔枝小姐的引導下，開始時間旅行。

◆

我想起來了。三年前的初夏。第三次告白。

國中二年級的椎太，國中二年級的我。現在想想，我們兩個人當時年紀都還很小。

因為當時年紀小，所以對於視線總是緊跟著椎太這件事並不膽怯。椎太總是用爽朗的笑容面對我，即便經歷過兩次失戀，我還是一心只想著他。國中一年級的時候和椎太分到不同班，二年級的時候我們又成了同班同學，當時我就想著，這一定用光了我一整年的好運。

然而，我的好運還沒完。

九月學校有運動會。二年C班裡面，椎太是男生跑最快的，而我是女生跑第二快的，所以我們一起被選為男女混合接力的跑者。

同年級從A班到D班，每班各選四名代表的接力賽是運動會的重點賽事。升上國中之後，無論是紅隊還是白隊贏根本就不重要，但是和別班對決的比賽一點也不想輸。總之，不服輸的椎太非常亢奮。

「拚死也要贏！」

在運動會前幾天，放學後在操場上彩排接力的時候，椎太比任何人都認真。不只做交棒的練習，還用盡全力跑完整場，而且跌倒了好幾次。

「那傢伙又跌倒了。」

「他到底在幹嘛？」

當他每跑必跌倒，讓大家看得目瞪口呆的時候，我比平時更認真觀察跌倒又再跑的椎太，然後發現了一件事。

「椎太。」

為了告訴他這個發現，我接近在操場用自來水沖洗膝蓋血跡的椎太。

「轉彎的時候要減速才行。如果用全力衝刺，一定會跌倒啊。」

我說出理所當然的建議，而椎太一反常態地用嚴肅的眼神看我。

「才不要。」

「咦？」

「我才不要減速。我想要在轉彎的時候盡全力衝刺，我想成功轉彎給大家看。」

「……為什麼？」

「我已經決定了。這次的接力，我不只是要贏得比賽，還要戰勝離心力。這才是完全勝利。我一定會成功，妳等著看。」

真是個笨蛋。我冷靜地這麼想。不過，他的笨讓我覺得很可愛，讓我完全不想再跟他說什麼大道理了。

結果，椎太在那之後仍然繼續和離心力對抗，直到練習結束都沒有贏。最後他甚至告訴不安的C班接力成員：

「沒事，正式比賽的時候一定會順利的。」

練習的時候從來不曾順利，正式比賽怎麼可能順利。唯獨這個時候我發自內心詛咒椎太喜歡的漫畫主角們。正因為他們靠毫無憑據的精神力克服許多難關，才會讓椎太相信被逼到絕境會激發潛能。

怎麼辦。再這樣下去，C班會因為椎太輸掉比賽。

越靠近運動會，我就越覺得不安。

C班的接力成員都是強者，所以只要椎太好好跑，我們應該可以輕鬆獲勝才對。第一棒跑者朝香是田徑社的王牌。她曾經在分區大會上拿過冠軍，一定可以在拉開距離的情況下第一個交棒。第二棒跑者小鍋的腳程和椎太不相上下，應該可以在領先的狀態下交棒給第三棒的我。只要我守住領先的優勢，最後一棒的椎太就能第一個接棒。

屆時二年C班的同學一定會很興奮。二年級跑得最快的足球社要角不可能被超車。這種情況和贏了沒什麼兩樣。大家應該都深信不疑，然後也會開心地在場邊加油吧。

不過，勝利的瞬間永遠不會到來。因為椎太面前還有離心力這個大魔王。出乎意料的敗北。期待落空的同學一定會很失落，然後轉化成對椎太的憤怒吧。椎太如果被大家罵怎麼辦，被大家討厭怎麼辦？怎麼辦、怎麼辦……每天都很憂鬱的我，終於在某天想到一個好方法。這是為了避免最糟糕情況的唯一方法。

到了要實踐方法的運動會當天。

「無論如何都要贏！」

班級之間的接力對抗賽讓加油席的聲音突然瞬間加倍。在決戰即將開始，大家各自分散到自己的位置前，椎太對著接力賽成員握緊拳頭振臂高呼。我叫住呼吸急促的背影，告訴椎太我的決定。

「椎太，我也決定了。」

「嗯？」

「我也要挑戰離心力。你等著看吧。」

和張嘴動了動看起來好像有話要說的椎太分開幾分鐘之後，接力賽終於要開始了。

按照預想，朝香一起跑就和其他人拉開距離，小鍋也以絕對優勢的領先交棒給我。接棒之後，我不可思議地感到平靜，然後實踐我說過的話。挑戰離心力。這也是和我自己的戰鬥。其實我很怕在田徑場上全力衝刺，尤其是轉彎的時候完全不減速。我會出於本能地腿軟。我必須靠勇氣超越本能。勇氣。勇氣。勇氣。我激勵自己，甚至在轉彎的時候加速，去挑戰離心力。然後就跌倒了——應該是說飛出去了。

一瞬間，身體輕飄飄地飛起來，隨後就是一陣衝擊。膝蓋、手肘、臉，身體依序受到撞擊，然後落在泥土上。後面的跑者陸續越過我這個不像樣的屍體。在他們的腳步聲遠離之後，我才終於撐起身體，看到面對揚起的粉塵愣在原地的椎太。

我硬撐著刺痛的腿起身，再度跑了起來，因為我無論如何都想交棒給椎太。

「努力到最後一刻吧！」

「妳做得很好！」

聽著同情可憐女孩的加油聲，我好不容易交棒，那一瞬間椎太的吶喊直衝秋季的藍天。

「我會替妳報仇的！」

在十幾秒後，椎太也飛出去了。

結束了——

我不想看到椎太不甘心的樣子，也沒臉見C班的同學。在目送椎太像個酩酊大醉的人東倒西歪抵達終點之後，我對擔心地衝到我身邊的樋口說「我去保健室睡一下」，然後就迅速離開運動會的會場了。我從頭到腳，充滿一種虛脫的感覺。在保健室包紮流血的手腳時，我也覺得操場上的諠譁好像離自己很遠。

「老師，我頭有點暈，請讓我睡一個小時。」

「貧血嗎？好啊，妳就躺著休息一下吧。」

躺在保健室的床上，我覺得好安心，突然變得好睏。話說回來，前一天晚上因為模擬太多次與離心力對決，所以沒有睡飽。

我瞬間就睡著了。

醒來之後，發現椎太就在床邊。

剛開始我還以為是在做夢。這是經常出現的夢境。不過以夢境來說太真實了。我還聞到汗水混合塵土的味道。該不會是……

「椎太？」

我發現是真人，嚇得彈了起來。

「你怎麼會在這裡？」

椎太笑了笑，抬起一隻手。那隻手的手肘和我的手一樣都纏著紗布。

「跟妳一樣。」

「啊……」

「比賽全部結束，所以我來消毒傷口。樋口說坂下妳也在這裡。」

我本來以為他一定很不甘心，沒想到椎太的口吻聽起來意外地爽朗。

「妳摔得很慘，還好吧？」

「啊……嗯，只是擦傷而已，沒事。椎太你也很有氣勢呢。」

「嗯，我們完美地一起跌倒了。不過，我覺得是很精采的對決。」

「雖然沒能幫妳報仇，但我盡力了，所以覺得很滿意。離心力果然是很了不起的東西啊。雖然是敵人，但的確是可敬的對手。對吧？」

「嗯——不過，班上的同學呢？沒有生氣嗎？」

「沒有啊。大家都說那麼珍貴的場面竟然出現兩次，一副很開心的樣子啊。」

我的心情馬上變得輕鬆，真的鬆了一口氣。

「真是太好了。」

「我如果說自己也玩得很開心好像不太好，不過看到妳火力全開衝向轉彎處，該怎麼說好呢……」

椎太一邊抓頭花了很久的時間思考，然後才露出終於找到適合詞彙的樣子。

「我覺得很感動。」

「呃……」

「看到有比我更笨的人，我真的很感動。謝謝妳，坂下。」

雖然不知道他感動的點在哪裡，最後那一句「謝謝妳」充滿真心，我倒是對這一點很感動。一模一樣的紗布突然變成重要的勳章，我差點都要哭出來了。我被椎太感動。被椎太稱讚了。椎太對我說謝謝——

「那我去參加閉幕式了。」

椎太離開保健室之後，我心中的悸動並沒有回歸平靜，反而越來越劇烈。

——這裡就是第三次告白的地點。

——咦？

腦袋裡突然出現聲音。是蒔枝小姐。

——我不是說過了嗎？我會監視妳。

——啊，對吼。

——妳就是在這之後向椎太告白的對吧。

——對，沒錯。我在那之後追上椎太，在鞋櫃那裡告白。說我喜歡他，能不能當他的女朋友。

——椎太怎麼說？

——他愣了一下之後，突然變得手足無措，然後跟我說謝謝，但是他還不太懂戀愛是怎麼回事，現在想專心在社團上之類的，說了一些言不及義的話，然後像是逃難似地走了。

——他應該還不太懂這方面的事情吧。

——我太早告白了。不應該在這個時候說的。

——那就去收回這次的告白吧。

我像是突然被放在這裡似的，潛入三年前的過去。

安靜的走廊。牆上的海報。檸檬色的陽光穿過窗戶。窗外傳來的進行曲。

國中的校舍。事情發生那天的一樓。大家都還在操場，所以完全沒有人影，也很安靜。唉呀——

睜大眼睛到處亂看的我，眼裡映著一個消失在樓梯口的小小身影。

彎著腰輕鬆走路的背影。是椎太。我不可能看錯。也就是說——

我的視線轉向掛著「保健室」門牌的教室。過去的我現在肯定還沉浸在感動之中。那份感動會越來越強烈，再過不久就會忍不住了。我果然還是喜歡椎太。好想要告訴他。要告白的話就趁現在！沒錯，就是現在！

唰！保健室的門唰的一聲打開。

糟了。我緊急躲在女廁的陰暗處。怎麼辦？要怎麼做才能阻止當時的我？沒有時間擬定作戰計畫，以前的我已經要過來了，而且是標準的不顧一切往前衝。忘記膝蓋的痛楚，眼裡只能看見椎太。

眼前的陰影越來越大，我反射性地行動了。就在穿著運動服的過去的我，以驚人的氣勢要經過女廁前的時候，我迅速跳起來，然後伸出右腳。

過去的我被右腳絆倒，整個人飛到半空中。

咚——

慘烈的撞擊聲。

「好痛！」

響徹雲霄的悲鳴。

過去的我好像又撞到相同的地方，倒在地上抱著膝蓋，完全沒辦法起身，只能在地上發抖。

真是抱歉耶。不過，妳現在告白也會被甩喔。

我在心裡這樣叨唸，然後擦了擦額頭上的汗。

任務結束。

——那就暫時先回來吧。

聽到蒔枝小姐說話聲的瞬間，我就回到「現在」了。

黑暗與寂靜。是操作室的床。

「辛苦了。雖然有點粗魯，不過總算是成功了。」

「恭喜妳，由舞。蒔枝小姐有實況轉播大致的過程給我聽了。」

從床的左右兩側收到祝福，還有像是環遊世界一圈的疲憊，都讓我無法由衷感到開心。過去的我在走廊痛苦扭動的樣子在腦海中揮之不去。不過，這樣就好了。即便膝蓋會痛一陣子，但是過去的我就可以從心痛中解脫了。如此一來，就不用受到「椎太說要專心玩社團」的影響而加入排球社，為了讓自己的世界變寬闊而努力，更不用吃其他不必要的苦了。這都是我辛苦跨越時空的報酬。

「咦？」

就在我認真說服自己的時候，我想到一件事。

「我不記得國中二年級的時候見過自己，也不記得被腳絆倒耶。」

如果現實更新為沒有告白的版本，那我就應該要記得摔了一大跤的事情才對啊。我突然覺得很混亂。

「妳更新的記憶會先保存在我這裡。」

蒔枝小姐用冷靜的口吻回答。

「包含不必要的資訊在內，三年份的更新資料非常龐大。如果一口氣輸入，馬上就會爆炸，這樣就沒辦法進行接下來的兩次時間旅行了。之後再找出必要的部分斟酌更新就好，妳現在先專心想下一個時間點吧。」

「啊……好。」

沒錯，還有兩次告白要收回。如果每次都要更新記憶，大腦的確是會爆炸。

我先深呼吸，切換一下思緒。

「好，那就接著去回收第二次吧。」

「接著做沒問題嗎？妳已經消耗了不少體力吧？畢竟穿越時空其實是重勞動啊。」

「我體力還算不錯，所以沒事。我要憑著這股氣勢，一口氣完成。」

「說得也是，妳下午還有社團活動嘛。」

咦？如果沒了第三次告白，那我應該就不會參加排球社了吧……雖然心裡還有疑問，但是沒有時間深刻思考，蒔枝小姐就再度把她的手搭在我的手上。

「那就請妳再度集中精神，回想第二次告白的情景。」

不知道是不是已經掌握訣竅，這次比剛才更順利地回到那一天。

✦

我想起來了。五年前的春天。第二次告白。

國小六年級的椎太。國小六年級的我。以開始對異性有區隔心的年紀來說，我們還算是很天真的小孩。

小三、小四的時候和椎太不同班，當時的我還不會一直盯著他看。保持小一時萌芽的些微戀愛感，但偶爾會把視線轉向其他男生，也很仰慕體育老師，甚至還會跟樋口說以後要跟偶像結婚生雙胞胎之類的未來規劃。

現在想想，當時的「喜歡」，就像只有蔥花和筍乾的拉麵一樣，宛如後勁非常清爽的醬油拉麵。沒有令人上癮的濃醇湯頭，沒有肥厚的叉燒，更沒有加重胃負擔的溫泉蛋。

漂浮在澄澈湯頭上的我，就連小一時的失戀，都能當成很久很久以前的故事面對，就像很久以前就治好的疹子。因此，當小五再度和椎太同班時，輕而易舉地就產生「接下來的兩年一定會很開心」這種想法。

然而，實際上新學期開始之後，五年一班並沒有想像中的歡樂。班導是個分數至上，就像ＡＩ機器人一樣的老師，很多同學都忙著補習或學才藝，班上也沒有一個喜歡多管閒事、凝聚向心力的角色——因為各種因素，五年一班的氣氛並沒有很融洽。每個人都躲在自己的小圈圈裡，只會和小圈圈裡的人有交集，避免太多餘的溝通交流。

有個叫做中村的男同學，被排擠在小圈圈之外。

原本就非常乖巧文靜的中村同學，因為沒有其他人主動找他搭話，所以總是一個人。他是個很會讀書的纖瘦男生。同學不會去攻擊人畜無害的他，但是也對他不理不睬非常冷淡，把他當作是可有可無的存在。唯獨椎太不一樣。

「中村，你寫功課了嗎？」

「中村，你有看這禮拜的《JUMP》嗎？」

「中村，你頭髮翹翹的喔。」

在毫無生氣的五年一班裡，唯一有活力的椎太，可能無法忍受自己的視線範圍裡有這樣死氣沉沉的同學吧。他每天都和中村打招呼，試圖把中村從孤獨的泥沼中拉出來。就算其他男同學因此白眼相向，中村本人反應也很冷淡，他還是毫不放棄地持續和中村搭話。我覺得那不是同情或正義感，而是天生會守護弱勢的反射神經。

同時，椎太也在對抗五年一班的冰冷氣氛。姑且不論他本人有沒有自覺。

「椎太你好強喔，都不會隨波逐流。」

某天，我深有感觸地這樣說，椎太便露出奇怪的表情。

「隨波逐流，是要流去哪裡？」

「流去哪裡……我不是那個意思啦。」

「那是什麼意思？」

「就是不會隨波逐流的意思啊。」

「所以我才問妳不會隨波逐流到哪裡去，說清楚一點啦！」

雖然和少年椎太的對話經常搭錯線，但是他不像我這樣容易隨波逐流，讓我再度喜歡上他。我內心的戀愛魔法湯加入有點複雜的調味料之後又開始慢慢燉煮了。

另一方面，椎太的努力化為泡影，中村同學越來越常向學校請假。隨著季節更迭，中村同學缺席的狀況與日俱增，他不在的教室逐漸變成理所當然的光景，不久五年一班在沒有分班的狀況下升到六年一班的春天，機器人班導告訴大家：

「中村同學決定去讀自由學校。」

教室裡激起一陣淡淡的驚訝，我立刻轉頭看坐在窗邊位置的椎太。

中村同學退學了嗎？為什麼要退學？他到底去了哪一間自由學校？椎太應該會追問班導才對。

但是，椎太沒有這麼做。像是在隔絕教室裡的嘈雜似的，他一臉壓抑情緒的樣子望著窗外。

那一整天，他明顯話變得很少，笑容明顯變得有氣無力，明顯比平常更晚吃午餐（而且沒有添飯）。因為太在意椎太的狀況，放學之後，我偷偷尾隨他。原本還在內心猜測，椎太會不會去找中村了？

不過，和我預想的相反，椎太並沒有朝中村家的方向走。但也沒有往自己家裡走，而是沿著河邊閒晃，毫無意義地穿過商店街，到處在鎮上遊走，走路的方式看起來就像是「不想馬上回家的人」。視線一直往前看的椎太，沒有發現隔著一段距離跟在後面的我。

不斷前進的椎太，在踏入郊外寺院的時候才終於停下腳步。椎太沒有停下來祈禱，就這樣穿過正殿還有裡面的主屋，然後在庭園的池塘前停了下來。

那個池塘大概有半個排球場那麼大。椎太站在路緣石前面，看著池塘裡的池水。就這樣，像斷了電似地一動也不動。

他在做什麼呢？

在黃昏的天空下，椎太的影子像是守護池塘的地藏菩薩，我只是在陰影處看著他，卻也漸漸覺得不耐煩了。

因此，我決定假裝碰巧經過，跟他打招呼。

「咦——椎太？哎呀，好巧喔。你在這裡做什麼？」

非常顯而易見的蹩腳演技，但是椎太不疑有他，回過頭的時候回答：

「有鯉魚。」

「是喔。」

鯉魚一點也不稀奇。雖然心裡這麼想，但是站在旁邊一起看的時候，發現鯉魚超乎想像地多。在抹茶色的混濁池水中，有光澤的紅色、白色鯉魚，鱗片上反射閃亮亮的光線，悠然自得地在池裡游泳。

「真的，好多鯉魚喔。我過年的時候經常來這裡新春參拜，但是都沒有注意到鯉魚耶。」

我對異常安靜的椎太這麼說之後，他突然脫口說：

「那鯉魚旗呢？」

「呃……」

「妳有注意到鯉魚旗嗎？」

「新春參拜的時候嗎？」

「不是，我是說今天。」

對話完全沒搭上線。我在腦袋裡重新整理之後，再度開口。

「那個……你是問我今天有沒有看到鯉魚旗？在這間寺院裡嗎？」

「對。在住持他們家的玄關前面。」

「沒有耶，我沒注意。」

我不敢說是因為自己一直盯著椎太的背影。

「那裡有鯉魚旗喔。很大的鯉魚旗。看到那個之後再來這裡，發現有真正的鯉魚，嚇了一跳。所以啊，我在想……」

椎太的聲音變得低沉。話說到一半就停下來，一點也不像他。

「你在想什麼？」

「要是真正的鯉魚看到鯉魚旗，不知道會有什麼想法。」

「真正的鯉魚……看到鯉魚旗嗎？」

「我如果是鯉魚的話，應該會覺得很悶。」

椎太用運動鞋的鞋頭輕輕踢了踢池塘邊的路緣石，表情顯得悶悶不樂。

「妳看，感覺就像把自己吹到圓鼓鼓之後，被繩子綁住，排成一排在空中飄耶。對鯉魚來說，根本就是惡夢吧。如果有人類版的鯉魚旗，不是很可怕嗎？」

椎太這樣一說，我便在腦海裡想像人類版的鯉魚旗，然後用力點點頭。

「嗯，的確很恐怖。」

「對吧，而且，爸爸媽媽小孩，全家人都會變成觀賞用的東西喔。人類真的很會做這種殘忍的事情耶。站在鯉魚的角度思考，我覺得人類社會真的很令人火大。什麼『比屋頂還高的鯉魚旗』[2]啊！根本不需要比屋頂高啊！」

椎太好像是真的站在鯉魚的立場對人類社會感到憤怒，踢路緣石的力道逐漸增強。池塘裡的紅色魚尾像是在呼應他似地彈出水面，在空中灑下細小的水滴。鯉魚的世界裡好像也有比較活潑的。

「不過，鯉魚也和人類一樣，有很多不得已的苦衷吧。」

迎著變冷的風，我看著水面激起的波紋，突然脫口說出這樣的話。

「鯉魚裡面，或許也有想飛在天空，而不是待在小小池塘裡的魚

2. 日本童謠中的歌詞。

喔。」

「天空？」

「嗯。比起當池塘裡的鯉魚，更想當飛在空中的鯉魚。如果是這種鯉魚看到鯉魚旗的話，說不定意外地會覺得興奮呢。心想著那裡有實現夢想的鯉魚耶。」

應該不會有這種可能吧？話說出口之後突然覺得很丟臉，我轉頭往旁邊看，發現椎太踢路緣石的腳停下動作。

「這樣啊。」

「咦？」

「原來如此，只要這樣想就好了。」

用力點點頭的椎太，臉上的陰翳已經完全消失。

「說得也是，既然都要想像，那想像自己是積極樂觀的鯉魚會比較好。嗯，我同意。我以後也會這樣想。實現夢想的鯉魚……也就是說，鯉魚旗就像自由女神像一樣。」

從惡夢變成自由女神像。椎太在我身旁以迅雷不及掩耳的速度轉念，正當我目瞪口呆的時候，他用滿足的笑容點頭。

他是個想法轉換很快的男生。一秒前還在不同的地方，我總是被甩在腦後，所以才覺得他很耀眼。

紅色的夕陽照耀著椎太，我看得入迷。

「中村說不定也脫離狹小的世界，奔向自由了呢。」

突然從椎太口中說出的名字，讓我猛然回過神來。

中村同學。對了，讓椎太悶悶不樂的，除了鯉魚之外還有別的原因。

「中村同學的事，你已經放下了嗎？就這樣沒關係嗎？」

我屏住呼吸窺探他的表情，椎太的眼神只有一瞬間僵硬。

「嗯，雖然有點不甘心，覺得很可惜，不過中村覺得好就好了。」

「真的嗎？」

「嗯。雖然我不知道什麼是自由學校，但是至少有自由兩個字。如果中村可以過得比現在更自由、更輕鬆，那自由學校會比較好。反正他本來就不用勉強自己去讀不想去的學校。」

「這樣啊……嗯，你說得也是。」

椎太心裡想著這些事，才會走了這麼久嗎？想到這裡我就覺得一陣揪心，我特別加大音量。

「說得也是，又不是每個人都一定要去讀公立學校。」

「沒錯、沒錯。人生的路可以有很多選擇啊。」

「嗯。總覺得在學校裡，學校就是全世界了。」

「學校就是池塘啊，池塘。中村是要潛入海裡的人。那傢伙，原來是個冒險家啊。」

我們莫名地意氣相投，聊世界很寬廣的話題聊得很開心，不過這個話題又衍生到其他次元，我自己內心暗暗覺得感動。我和椎太成功對話了！

我和椎太有共同的語言，非常合拍。感覺我們的心靈連結在一起，這種單方面的一體感讓我飛到比屋簷更高的地方，漸漸往同一個方向匯聚。現在應該能讓椎太了解我的心意吧？如果要告白的話，不就只能趁成功對話的現在嗎？寺院裡的神明應該會替我加油吧？沒錯，就是現在！

——這裡就是第二次告白的地點。

——對，就是這裡沒錯。這時候我像是發作一樣，忍不住想告白，所以就說出口了。我想跟他說，我現在還是喜歡你，如果可以的話請和我交往。

——椎太同學的反應呢？

——他突然臉紅，顯得手足無措，說自己不知道要怎麼和女生交往，我跟他說會一起約會，他就搖搖頭說不行不行，現在比起約會他覺得看漫畫更有趣……然後就用驚人的氣勢開始推薦漫畫。

——他推薦什麼漫畫？

——尾田榮一郎的《海賊王》。現在已經是我的人生寶典了。

——妳在被甩之後還是有看啊，真是個坦率的孩子。

——因為他真的大力推薦啊。我想說既然是椎太這麼喜歡的漫畫……看了第一集之後就停不下來，我也變成鐵粉了。

——雖然男女交往對當時的椎太同學來說還太早，但對妳來說不也太早了嗎？

——是。現在我才明白。成功對話和成功戀愛完全是兩個不同的問題。

——那就去收回這次的告白吧。

接著，我回到那一天。

鎮上的寺院。有一棵大松樹的庭院。映著紅色夕陽的池塘。

池塘裡有兩個身影。椎太和我。現在椎太應該正在熱烈地談論著世界的寬廣吧。過去的我馬上就要告白了，我不能再猶豫不決。

我躡手躡腳地靠近兩個人的背後。椎太很專心說話，所以沒有發現我。在他身邊的過去的我很專心看著椎太，所以也沒有發現我。

過去的我眼中只有椎太，一心思索要在什麼時間點告白。我屏息等待椎太中途停下來的瞬間。

接著，椎太的話音落下。

下一個瞬間，過去的我深深吸了一口氣。

「那個，我啊，現在還是對椎太你……」

我怎麼可能讓妳說出來。

我看準時機往前衝刺，靠蠻力用身體撞擊過去的我。

咚！

過去的我，身體往前倒去。

唰！

應聲掉進池塘裡。

任務結束。

當我睜開眼睛時，蒔枝小姐和樋口目瞪口呆地從床的兩側俯視我。

「雖然我已經約略有預感，但是妳還真的這麼做了。」

「五年前的由舞，好可憐。」

彷彿完成一趟宇宙旅行似的，身體疲勞至極，被她們兩個人這樣盯著看覺得好刺痛。

我狠下心說：

「沒關係。那個池塘沒有很深。」

「什麼啊，妳要想想那是過去的自己啊……」

雖然樋口皺著眉頭，但是想到這是為了過去的自己好，我就不惜採取強硬的手段。當然，五年前的我應該會憎恨這個妨礙自己告白的歹徒。不過，當她知道真相的時候一定會感謝我。第二次告白因為「不行」這句話就破滅，還得知自己的存在不如漫畫，之後還得一直聽椎太大談《海賊王》，過去的我要是知道會這麼空虛——咦？如果沒有告白的話，我是不是就無法認識魯夫了？

「蒔枝小姐，」我筋疲力竭地開口說話。「請讓我趕快收回剩下的告白。在我開始想太多之前，我想趕快結束一切。」

在我內心開始動搖之前，在我被莫名的不安吞沒之前，趁我還想回到過去的時候盡快完成。

「妳真的不用休息嗎？應該會很累才對喔。」

「再一次我應該還撐得住。我在社團活動的時候都有鍛鍊身體。」

不對——我好像沒有參加社團活動？啊，隨便啦。我的思緒變得好複雜。

「蒔枝小姐，快開始吧。」

我開口催促，蒔枝小姐便把手伸過來。

「麻煩您了。」

「我知道了。」

蒔枝小姐的手掌搭在我的手上。

「這是最後一次時間旅行了。目的地是十年前。有點遠，妳要加油，好好回想那一天。」

✦

我想起來了。十年前。第一次告白。

不對——我不可能馬上就想起來。十年很久遠。回想的時候隔著一層歲月的膜。

國小一年級的椎太。國小一年級的我。不久前還在讀幼稚園的我們，真的還是小孩。不要說區別異性了，就連自我認知都還很模糊。

我們被放進國小這個比幼稚園大很多的箱子裡，成為大到令人頭昏眼花的團體成員之一。學校的老師、學長姊、同學……在人生中登場的人物突然增加，每天都覺得很害怕。班導師、班上的同學，我只能模糊地想起比較親近的人，難道是因為我平常就這麼心不在焉嗎？

到底是從什麼時候開始，這個充滿模糊煙霧的世界，只會有一張臉發出鮮明的光彩，讓人一眼就認出來呢？

下學期換座位的時候，我旁邊坐的是一個被男同學叫做椎太的男生。原田椎太。上課的時候老是東張西望，下課時間會在教室裡跑來跑去，身上總是會有擦傷。總之是個好動的孩子。剛開始我大概只知道這樣。

某天，每個月一次的「便當日」，這個男生引起小小的騷動。

他在我旁邊迅速吃完便當，接著拿出一個較小的保鮮盒，然後開始發出喀啦喀啦的咀嚼聲。我瞥了一眼，發現他在吃柿種米果。

喀啦喀啦。喀啦喀啦。不只我注意到這個吃便當不會發出的聲音。他周邊受到影響的人越來越多。

終於，有一個同學開口說：

「椎太在吃點心！」

接著整個教室的人都看著椎太。

然而，椎太很冷靜地說：

「這不是點心喔，因為一點也不甜。」

這句話引起大論戰。

「就算不甜也是點心啊。」

「我認為柿種米果是大人的點心。」

「不能帶點心來學校。」

「我的便當裡面也有放蒟蒻果凍喔。」

「蒟蒻果凍才不是點心，是蒟蒻。」

「那柿種米果也有可能不是點心，而是柿子喔。」

「什麼跟什麼啊！」

班上的同學爭吵不休，只有椎太一個人維持相同的表情，繼續喀啦喀啦地吃著柿種米果。他淡定自若的側臉深深吸引我。這個人難道不覺得辣嗎？看著椎太從容不迫吃著會讓舌頭發麻的柿種米果，我心中產生莫名的敬佩感。

「小朋友，不要管別人，乖乖吃自己的便當吧。椎太，老師也覺得柿種米果不能當作甜點喔。下次請媽媽準備真正的柿子吧。」

當班導堀川老師站出來收拾場面的時候，椎太的柿種米果只剩下一顆。椎太慎重其事地用手指把米果捏起來，很捨不得地一直盯著看。我不小心脫口說：

「原來不是花生啊。」

椎太瞪大眼睛看著我。

「花生？」

「我爸爸每次都是用花生結尾喔。」

是喔──他就這樣再度盯著柿種米果。然後，準備把那一顆米果吃掉。

「我說啊，妳覺得如果把這顆米果埋在土裡，會不會變成樹，然後長出柿種米果啊？」

不會，絕對不會長出柿種米果。現在我可以對天發誓絕對不會長出來。不過，當時的我對這個世界的原理還沒有那麼充滿自信，就算覺得應該不會，也只是含糊地搖搖頭說「我不知道」。接著，不知道為什麼，我馬上就同意椎太「我們來試試看」的提議。先不論到底會不會長出柿種米果，我應該只是覺得種下點心的種籽很好玩吧。

我把最喜歡的玉子燒留在便當盒裡，就跟著椎太往操場跑。椎太選擇不引人注意的花圃來種柿種米果。

「不可以告訴別人喔。如果種籽發芽，我要嚇嚇大家。」

在那之後，擁有共同秘密的我們，每次午休時間就會去花圃看種籽到底發芽了沒。雖然我心想「不會吧」，但是在我身邊的椎太，每次都很認真地期待，然後認真地失落。漸漸地，我也開始為椎太祈禱種籽早日發芽。

就是從那個時候，我開始試著吃爸爸最喜歡的柿種米果。因為很憧憬椎太凜然吃著柿種米果的樣子，所以我也試圖靠近自己原本不太敢吃的柿種米果。剛開始只吃一顆，隔天吃二顆，透過漸漸增加數量，讓舌頭習慣微辣的刺激感。然後，我就吃上癮了。如果真的長出柿種米果，我就不用和爸爸分食，愛吃多少就吃多少。沒有花太多時間，我就產生這種野心。

當然，最後並沒有長出柿種米果。午休前往花圃的我們，腳步漸漸變得沉重，種下之後經過十天，椎太終於發話了。

「今天如果還是沒發芽，我們就放棄吧。」

陰天微涼的午後花圃。我一反常態地心跳加速，盯著種下柿種米果的角落。

沒有發芽。那個瞬間的失望，與其說來自無法想吃多少就吃多少柿種米果，不如說是以後再也不能和椎太在午休時來花圃。

「可惡，果然還是不行啊。」

椎太顯得很失落，一屁股坐在圍繞花圃的磚塊上。

「我本來以為每天認真祈禱，就會產生魔法。」

「要不要挖開來看看？」

我坐在椎太身邊這樣問。

「沒關係了啦。給螞蟻吃吧。」

「螞蟻會不會因為太辣嚇一跳？」

「唉——本來想種出一片森林的。」

完全沒在聽我說話的椎太繼續自說自話。

「森林？」

「我原本是想要種植柿種米果的樹，種到這麼大，然後擴大成一片森林。」

椎太張開雙手形容「這——麼大」有多大，然後連聲音也加強力道。

「是種米果的……森林？」

「嗯，森林。我想養成一大片森林，然後拓展到全世界，到處都有能長出香脆柿種米果的樹，然後大家一起吃。無論怎麼吃都吃不完，因為是森林啊。如此一來，大家都能吃飽，變得很幸福。」

椎太用閃亮亮的眼神這樣說完之後，低下頭接著說：

「可是——魔法沒有出現。」

「椎太……」

相較於只想著滿足自己胃口的我，椎太是為了全體人類的幸福，等待種籽發芽。擴散到全世界每個角落的柿種米果森林。我折服於如此壯大願景，打從心裡覺得感動。這個男生，怎麼會如此大器，而且非常溫暖。

「椎太。」

我看著椎太說話。

——就是這裡對吧。人生中第一次告白的地點。

——對。我在這裡告白了。

——妳怎麼說？

——直接說。我什麼都沒想，就對他說「我喜歡椎太」。

——椎太怎麼說？

——我也喜歡妳。

——這不是兩情相悅嗎？

——可是，在那之後他繼續說：我也喜歡小碧、健真還有堀川老師。

——椎太也一樣什麼都沒想耶。

——因為我們才剛升上一年級啊。

——那就去收回這次的告白吧。

——請等一下。

——怎麼了？

——我想過了，無論如何我也不想對小一的自己太粗魯。所以，我擬定了一個作戰計畫。我可以回到稍早的時間點嗎？

——稍早？

——我們一起去花圃之前。

——這很簡單。

接著，我開始第三次也是最後一次的旅程。

午休中的小學校園。夾在校舍與泳池柵欄中間的花圃。涼涼的晚秋微風。

吃完午餐的小孩在操場上玩耍，不過被校舍遮住的花圃周圍沒什麼人煙。

我馬上開始執行作戰計畫。視線盯著滿是橘色波斯菊的花圃，拔起細小的雜草。然後把雜草移植到椎太和我埋下柿種米果的花圃角落。

短短一分鐘就完成作戰計畫。就在這個時候，兩個人影往這裡靠近。是小一的椎太和我。

急忙繞到花圃另一側的我，從茂盛的波斯菊之間，偷窺發現假幼苗的兩人。

「喂，妳看。發芽了耶。」

「哇，真的耶。發芽了。」

「真的發芽了！」

「終於啊！」

兩個人露出最開心的笑容，興奮地蹦蹦跳跳。震動穿透地面。

「魔法終於實現了。」

「好棒，好棒喔！」

過去改變了。如此一來，椎太就不會靜靜地說起柿種米果森林的構想，我也不會突然開口告白了。太好了。一切都可喜可賀。可是，為什麼呢？我一點也不開心。

「到處都有能長出香脆柿種米果的樹，然後大家一起吃。」

說著這些話的椎太眼神充滿光彩，我將會在不知道這件事的狀態下生活。每次吃柿種米果的時候，心中再也不會充滿椎太描繪柿種米果森林的溫暖。一想到這裡，我覺得自己失去非常重要的東西，心臟開始劇烈跳動。

我已經挽回了應該挽回的事。但是，為什麼我會覺得這麼空虛呢？任務順利結束了。但是，為什麼我會這麼悶呢？應該是說，為什麼我會哭呢？

從波斯菊的縫隙中看到的兩個身影，變得越來越濕潤，最後甚至看不見了。

其實不需要問，我也知道。我終於發現了。事到如今，我才發現最重要的事。

十年前的告白。雖然告白失敗，但是因為這樣，我得到柿種米果這個心靈歸屬。

五年前的告白。雖然沒有成功，但是因為和椎太直球對決，讓我遇見《海賊王》這個活力泉源。

三年前的告白。雖然悽慘落幕，但是也因為這樣我才開始參加社團，非常認真投入排球社，變得能夠對椎太以外的事情又哭又笑。

我並沒有因為告白而被椎太束縛，世界也沒有越來越小。在告白之後，我還是扎扎實實地建構了別的世界。因為椎太，我才發現這麼多耀眼的寶物。

椎太就是光之種籽。我對椎太的「喜歡」，一直、一直、一直照耀著我自己——

發現這一點之後，我一邊放聲大哭，一邊衝向花圃的另一側。

「呀！」

「誰、誰啊！」

看到突然出現的「嚎啕大哭的女高中生」，兩個人嚇得直發抖，我瞥了他們一眼就衝向花圃的角落，拔起那株雜草丟到地上。

「啊……」

然後用腳踩爛。

「啊啊啊——」

背對僵在原地的兩個人，我就這樣跑走了。

任務失敗。

✦

——歡迎回來。我張開沉重的眼皮，漆黑的天花板看起來很濕潤，充滿絕望。

「怎麼辦。」

我緩緩舉起雙手，遮住滿是眼淚和鼻涕的臉。

「我做了不應該做的事。柿種米果、《海賊王》、社團活動，全部都是因為椎太才出現的，我卻……」

原本是想挽回無法挽回的事情，這下真的無法挽回了。

「妳怎麼現在才說這種話。」

面對我愚蠢的後悔，蒔枝小姐嚴厲地打斷。

「這是妳自己想做的事啊。」

「我知道。可是……」

我真的好害怕。

「我現在怎麼樣了？沒有向椎太告白的我，過著什麼樣的日子？我真的還活著嗎？」

「妳現在不是活得好好的嗎？」

蒔枝小姐說完，抓著我的手說：

「接下來就用妳自己的眼睛確認吧。」

「咦……」

蒔枝小姐強行拉著畏畏縮縮的我，來到隔壁房間。

雖然感覺過了好久，但是玻璃窗外天空的顏色並沒有太大的變化。

「仔細看看吧。和時間旅行前有什麼不同？」

聽到蒔枝小姐這麼說，我忍不住倒抽一口氣。心臟劇烈跳動，就像等待判決的囚犯一樣，視線轉向剛才坐過的桌椅。之前盤子裡有柿種米果——

「咦……？」

還在。柿種米果還在。確實還在。

這是怎麼一回事？

我在腦袋一片混亂的狀態下，腳步踉蹌地走向波士頓包。打開拉鍊之後，發現裡面的運動服還在。

「咦……？」

微微顫動的指尖，接著滑開手機。手機桌布依然是魯夫的臉。

「咦……？」

什麼都沒變嗎？為什麼？

「事情是這樣的，」

搞不清楚狀況、一臉恍惚的我，聽到背後傳來蒔枝小姐的聲音。

「國小一年級的椎太，因為突然出現的可怕大姊姊踩壞柿種米果的嫩芽，沮喪地癱坐在花圃邊。然後說，如此一來柿種米果的森林就消失了。就這樣談起之前妳說過的森林構想。」

「啊……」

結果，還是回到和之前一樣的狀況嗎？

「那……那掉進池塘的小六的我呢？在走廊跌倒的國中二年級的我呢？」

「這種事還用問嗎？」

樋口從後面抱住我不斷抖動的肩膀。

「不要小看過去的妳。小六的妳從池塘裡爬起來，還是向椎太告白了。國中二年級的妳，拿出殭屍般的韌性爬起來，拚命追上椎太，最後還是告白了。妳怎麼可能這麼容易放棄椎太啊。」

「……」

我突然覺得全身無力。彷彿到地府繞了一圈的時間旅行，疲憊感一股腦地襲來。在視線逐漸變暗的途中，我把無法聚焦的瞳孔轉向蒔枝小姐的方向。

「過去的我……真的嗎？」

蒔枝小姐聳聳肩膀，惡作劇似地笑了笑。

「沒錯。我之後會幫妳更新記憶，不過真的是很有看頭呢。」

我還記得在倒下之前，心裡還想著今天沒辦法去社團練球了。

在我失去意識的時候，更新後的記憶裡，過去的我的確用殭屍般不屈不撓的執念完成三次告白，從我自己的角度來看，也覺得非常精采。

膝蓋上還流著血，拚命追上椎太的我；發現我之後，椎太回頭發出慘叫。全身濕透，從池塘爬起來，仍然堅定地再度告白的我；像是看到鯉魚妖怪的椎太的瞳孔。

在花圃被甩之後，和椎太一起去向堀川老師報告「出現一個像妖怪的大姊姊」的我；老師詢問可疑人物的特徵，椎太不知道那個人就是未來的我，天真地畫著畫像。

在操作室的床上醒來的我，數度在腦中迴響這些爆笑的場景，痛痛快快地大笑，也痛痛快快地大哭了。

謝謝妳，過去的我。

在失去意識的時候，我更新記憶的同時也恢復了體力，醒來之後身體變得輕鬆很多。我心想如此一來就可以參加社團活動，所以決定盡早告辭。

「真的承蒙您關照了。一千兩百圓就讓您做到這個程度，真的不知道該怎麼道謝才好……」

「我也覺得這次的工作很愉快，好像和妳一起度過一趟很棒的旅程。」

蒔枝小姐爽快地回應我的感謝。

「那妳接下來想怎麼做？我是說妳的第四次告白。」

「當然，一定要告白。如果在這個時候退縮，就沒辦法成為過去的我的榜樣了。」

我立刻這樣回答之後，

「祝妳好運。」

蒔枝小姐露出微笑，對我伸出手，所以我也用力回握她的手。

帶我回到好久好久以前的手。

我們兩個人笑著一直握手，樋口在旁邊脫口說了一句：

「我要不要乾脆放棄觀察啊？」

我按照對蒔枝小姐的宣言，隔天放學後就把椎太叫到頂樓。

我選擇在非常無聊的屋頂告白，是因為覺得反正我已經表現得太明顯，既然如此那不如選擇王道中的王道，然後就可以爽快地告別。我覺得自己就像武士一樣，像面對武藏拔刀的小次郎一樣等了五分鐘，椎太終於出現了。

「嗨。」

他有點駝背，一臉難為情地抬起手。一如往常的椎太。不過，笑容有點僵硬。果然已經被他發現了。

既然如此，那就不用多解釋了，我決定略過鋪陳直接進入正題。

「椎太，那個，我想你應該已經知道了……」

我邊說邊走過去，站在看起來有點慌張的椎太面前。

在椎太身後，我可以依序看見國中二年級的他、國小六年級的他、小學一年級的他。

這個世界上有椎太真是太好了——

我的情緒已經滿溢，心已經不受控制。我已經沒辦法再隱瞞了。

「我啊，現在還是對椎太你……」

「等一下！」

此時，椎太伸出右手掌說：

「那個，等等，等一下，先讓我說。」

「你要先說？」

以前未曾出現過的情節。雖然我很猶豫，但還是讓步了。

「那就讓你先說吧。」

「那個——我和坂下妳從國小開始就一直是同學，也經常同班，總覺得妳就像空氣或者是兄弟一樣，所以一直沒把妳當成女生看待……」

啊——果然還是不行啊。說得也是。雖然覺得很無力，但又能理解，但是椎太的話還沒說完。

「可是，不知道為什麼最近突然很在意妳……就是，感覺和以前不一樣。」

「……咦？」

「妳之前不是被排球社的怪人纏上嗎？從那之後，我就很在意妳。一直想著妳該不會真的加入沙灘排球社吧？不會真的去集訓吧？那個男的該不會也像我這樣叫妳吧……」

椎太的臉越來越紅，然後他很用力地抓了抓頭。該不會是——

「所以啊，我在想啊。應該是說，我想起來了。從小到現在，妳好像總是在關鍵時刻陪著我，一起做蠢事，不知道為什麼那些鮮明的回憶裡面總是有妳的身影……如果這樣的妳，變成其他人的女朋友，我會有什麼心情呢？一想到這裡，我就忍不住了。心臟一直狂跳，停都停不下來……」

該不會、該不會是——

「所以，之前都是妳跟我告白，但今天請讓我來。坂下，我……」

沒能完成第四次告白的那天，我第一次被告白了。

♪YOASOBI
〈好きだ〉

國家圖書館出版品預行編目資料

第一次的… / 島本理生、辻村深月、宮部美幸、森繪都 著；涂紋凰 譯.--初版.--臺北市：皇冠. 2023.7
面；公分. --（皇冠叢書；第5107種）
（大賞；150）
譯自：はじめての

ISBN 978-957-33-4040-9(平裝)

861.57　　112009173

皇冠叢書第5107種
大賞150

第一次的…

はじめての

作　　者—島本理生、辻村深月、宮部美幸、森繪都
譯　　者—涂紋凰
發 行 人—平　雲
出版發行—皇冠文化出版有限公司
台北市敦化北路120巷50號
電話◎02-27168888
郵撥帳號◎15261516號
皇冠出版社(香港)有限公司
香港銅鑼灣道180號百樂商業中心
19字樓1903室
電話◎2529-1778　傳真◎2527-0904
總 編 輯—許婷婷
責任編輯—黃雅群
美術設計—嚴昱琳
行銷企劃—蕭采芹
著作完成日期—2022年
初版一刷日期—2023年7月
初版二刷日期—2023年9月
法律顧問—王惠光律師

讀者服務傳真專線◎02-27150507
電腦編號◎506150
ISBN◎978-957-33-4040-9
Printed in Taiwan
本書定價◎新台幣380元/港幣127元